Die Krypta von Marienberg im Vinschgau

1986

Umschlaggestaltung: R. Prünster - Bozen
Gesamtherstellung: ATHESIADRUCK Ges.m.b.H. - Bozen
ISBN 88-7014-263-9

Helmut Stampfer   Hubert Walder

Die Krypta von Marienberg im Vinschgau

Romanische Fresken – Neufunde und Altbestand

Zweite, erweiterte und überarbeitete Auflage

VERLAGSANSTALT ATHESIA - BOZEN

Vorwort

Das Benediktinerstift Marienberg bei Burgeis im Vinschgau ist vor allem wegen der romanischen Wandmalereien in der Krypta bekannt. Seit der Aufdeckung 1887/88 hebt die Fachliteratur in seltener Übereinstimmung deren außerordentlich hohe Qualität hervor. Gleichzeitig bedauern aber viele Autoren, daß die 1643 eingebaute Mönchs- und Prälatengruft einen Teil der Fresken den Blicken entzieht.

Im April 1980 wurden die Grüfte abgebrochen und die Gebeine auf den alten Friedhof von St. Stefan überführt. Dabei kamen Malereien zum Vorschein, die vom gleichen Künstler wie die bereits bekannten stammen, an Feinheit diese aber weit übertreffen, da sie nie übertüncht worden sind. Ein Neufund von so hoher Qualität und so gutem Erhaltungszustand ist als kunsthistorische Sensation ersten Ranges zu werten. Im Anschluß an die Wiederherstellung des ursprünglichen Raumes und die notwendige Konservierung der neu entdeckten Fresken wurde auch der Altbestand gefestigt und gereinigt. Grund genug, um Architektur und Malerei der gesamten Krypta vorzustellen.

Goswins Chronik des Stiftes Marienberg berichtet erstmals von den Fresken in der Krypta. Die um 1370 verfaßte wichtige Quelle zur frühen Klostergeschichte erschien 1880 anläßlich der 1400-Jahr-Feier des hl. Benedikt im Druck und dürfte die sieben Jahre später begonnene Freilegung der Malereien angeregt haben. Die wertvolle Edition nimmt heute noch in der Geschichtswissenschaft von Tirol und Graubünden einen gebührenden Platz ein. Hundert Jahre später stellt die Ausräumung der Krypta, Marienbergs Beitrag zum 1500. Geburtstag des hl. Benedikt, eine kulturelle Tat dar, der über den lokalen Bereich hinaus gesamteuropäische Bedeutung zukommt.

Für vielfältige Unterstützung bin ich dem hochwürdigsten Herrn Prälaten von Marienberg, Abt Stephan Pamer OSB, zu großem Dank verpflichtet. Mein Dank gebührt ferner dem Restaurator Hubert Mayr, der wertvolle Hinweise beigesteuert hat, und dem Restaurator Oskar Emmenegger, Konsulent der Eidgenössischen Kommission für Denkmalpflege, der in grenzüberschreitender Zusammenarbeit mehrmals sein großes Wissen zur Verfügung gestellt hat. Ebenso danke ich Herrn Andreas Arnold vom Institut für Denkmalpflege an der Eidgenössischen Technischen Hochschule in Zürich für die Laboruntersuchungen einiger Farbpigmente. Schließlich spreche ich dem Südtiroler Kulturinstitut, das durch einen Druckkostenbeitrag das Erscheinen des Buches ermöglicht hat, meinen Dank aus.

Helmut Stampfer

Vorwort zur zweiten Auflage

Die 1983 abgeschlossene Aufdeckung der Malereien in der Fensterleibung der Hauptapsis brachte einen flächenmäßig zwar kleinen, von Inhalt und Qualität her aber bedeutenden Zuwachs an romanischen Fresken in der Krypta von Marienberg. Liegt der erhaltene Bestand nun endgültig fest, so sind im Gegensatz dazu dessen ikonographische Deutung und kunsthistorische Stellung noch nicht erschöpfend geklärt. Unter Einbeziehung des Neufundes und Berücksichtigung von inzwischen erschienener Literatur sowie mit einigen Zusätzen soll das außergewöhnliche Kunstwerk umfassend dargestellt und vermittelt werden.

Helmut Stampfer

GESCHICHTE

Goswin beschreibt in der Krypta ein Bildnis des Gründers von Marienberg.[1]) Heute ist es verschwunden; trotzdem bleibt die Krypta unmittelbarer als Kirche und Kloster über die Jahrhunderte hinweg mit Ulrich III. von Tarasp verbunden, das sie noch zu seinen Lebzeiten erbaut und geweiht worden ist.

Bevor das Kloster dort errichtet werden konnte, wo es heute steht, war Ulrich III. zweimal nach Rom gepilgert, um von Papst Eugen III. die Erlaubnis zur Standortverschiebung einzuholen. 1146 verlegte er das Marienkloster, das seine Großonkel Eberhard und Ulrich, Bischof von Chur, in der Nähe ihrer Burg Tarasp im Unterengadin um 1095 gegründet hatten, von Schuls nach St. Stefan oberhalb von Burgeis. Bereits wenig später, 1149/50, übersiedelte die Mönchsgemeinschaft nochmals und rückte einige hundert Meter weiter gegen Osten an den Rand des Almeina-Baches zu einer älteren Marienkapelle, die dem Kloster den Namen gab.

Die als Hauskloster der Herren von Tarasp[2]) entstandene Gründung lag nicht nur am ursprünglichen Standort im Unterengadin, wo der Grundbesitz dieser rätischen Edelfreien besonders dicht gestreut war, sondern auch oberhalb von Burgeis auf Eigengut der Tarasper. Dort besaß Ulrich III. sogar eine Burg mit Namen Kastellatz, die er laut Goswin selbst schleifen ließ[3]), damit dem Kloster in Zukunft daraus kein Schaden erwachse. Mauerreste der Burg sind heute noch weit oberhalb des Klosters zu sehen.

Am 11. März 1150 stellt Abt Albert erstmals eine Urkunde in Marienberg aus.[4]) Aufgrund seiner Beziehungen zur schwäbischen Reichsabtei Ottobeuren — er war ein Sohn des Klostervogtes Rupert II. von Ronsberg[5]) — erhielt die neue Gründung von dort die ersten Mönche und auch die folgenden vier Äbte (1152 bis 1180/81). Während die Mönche zunächst in einem Hause bei der Marienkapelle wohnten, errichteten sie zu Beginn des Klosterbaues die Krypta.[6]) Goswin überliefert zwei Weihedaten, 1156 und 1160[7]), von denen ersteres wohl ein Irrtum sein dürfte oder, wie Müller vermutet[8]), die Grundsteinlegung des Baues bezeichnen könnte. Am 13. Juli 1160[9]) weihte Bischof Adalgott von Chur den Bau zu Ehren der Heiligen Dreifaltigkeit, der hl. Gottesmutter Maria und aller Heiligen sowie drei Altäre zu Ehren der Heiligen Petrus und Paulus, der hl. Maria Magdalena und der Heiligen Martin und Nikolaus. Die Heilige Dreifaltigkeit weist nach Ottobeuren, deren Stiftskirche ebenfalls ihr geweiht ist, während das Marienpatrozinium den meisten hochmittelalterlichen Krypten gemeinsam war.[10]) In der Marienberger Krypta versammelten sich die Brüder zu Gottesdienst und Stundengebet, bis das Kloster fertiggestellt war. Wahrscheinlich schon nach der 1185 erfolgten Weihe der Michaelskapelle im südlichen Querschiff und sicherlich ab 1201, als die Stiftskirche geweiht wurde, verlagerte sich die Liturgie in die Oberkirche.

Über die weitere Verwendung der Krypta ist nichts bekannt.[11]) Morassis Behauptung, daß der Raum dem Gottesdienst entfremdet wurde und bereits unter Abt Johannes II. († 1320) einige Altäre aus Mörtel zerstört wurden[12]), beruht auf einer falschen Auswertung der Chronik. Wohl mußten auf Anordnung des Churer Generalvikars Rudolf im Kloster viele Altäre aus Mörtel abgetragen, mit einer Steinplatte neu abgedeckt und wieder geweiht werden[13]), doch bezeugt die 1315 vorgenommene Neuweihe[14]) der drei im Jahre 1160 konsekrierten Altäre in der Krypta, daß sie zu diesem Zeitpunkt noch liturgisch genutzt wurde. Das um 1410 entstandene Fresko in der südlichen Nebenapsis, das durch den Abbruch der Prälatengruft zugänglich geworden ist, setzt ebenfalls einen geweihten Kirchenraum voraus. Schließlich spricht eine 1981 in der Fensterleibung der Hauptapsis aufgedeckte Inschrift aus dem Jahre 1603 dafür, daß die Fresken damals noch sichtbar waren.

Im Zuge der Barockisierung der Stiftskirche ließ Abt Jakob Grafinger 1643 in der Krypta nach Art eines Columbariums mehrere neben- und übereinander liegende Begräbnisstätten errichten. Am 8. April 1643 notiert er in seinem Tagebuch hat *Maister Bastl sambt die Seinigen anhöben die gröber in der gruft machen, hat vil arbeit und materi braucht und* bereits am 6. Mai findet sich die Eintragung hat der *Maurer in der gruft die gröber ausgmaurt und vollendet, on das Verpuz. Sepulchra sunt 6 Abbatum et 22 fratrum, ista cripta olim ab episcopo adelgoto consecrata fuit.*[15]) Grafingers Entscheidung war zeitgemäß, wurden doch im Barock zahlreiche ältere Krypten zu Begräbnisstätten für die hohe Geistlichkeit umgestaltet.[16]) In Marienberg mauerte man die Krypta im Süden und im Norden quer ab, wobei die südliche Seitenapsis vollständig, die nördliche teilweise verdeckt wurde. Der größte Eingriff erfolgte schließlich in der Mitte der Krypta. Östlich des Gewölbescheitels wurde eine mehr als 11 Meter lange Mauer aufgeführt und an beiden Enden mit der Westwand verbunden. Die Einbauten im Norden und Westen dienten als Begräbnisstätte der Mönche, die südliche Gruft war den Prälaten vorbehalten, wie eine bis 1980 dort angebrachte Holztafel mit der Inschrift „Sepultura praelatorum anno MDCXLV“, die heute im Kloster aufbewahrt wird, überliefert. Im unverbauten Bereich der Krypta verschwanden die Fresken unter einer Kalktünche und fielen für mehr als zwei Jahrhunderte der Vergessenheit anheim.

ARCHITEKTUR

An der Nordseite des Klosters erhebt sich die Stiftskirche, deren Bau im Osten begonnen worden ist. Die Geländeneigung ermöglicht dort eine doppelgeschossige Anlage, die unten die Krypta und oben das über die Langhausmauern vortretende Querschiff enthält. Ein Mauerrücksprung im Süden und eine Quaderreihe im Norden grenzen die 22 m lange, talseitige Fassade dieses ältesten Bauteiles deutlich von späteren Zubauten ab. An der Nordostecke und an beiden Ecken der in der Mitte vorspringenden Rechteckapsis aufsteigende Steinquadern beweisen, daß der Bau ohne Unterbrechung über beide Geschosse hinaufgezogen worden ist. Die Krypta als Teil der einheitlich geplanten und ausgeführten Ostanlage wird daher einerseits durch die örtliche Hanglage bedingt, andererseits dürfte aber auch das Verlangen nach einem kleineren, rascher fertiggestellten Raum für den Gottesdienst zu ihrer Entstehung beigetragen haben.

Der Grundriß der Krypta entspricht einem Reckteck, dessen Ostseite in der Mitte rechteckig vorspringt und die innen halbkreisförmige Apsis enthält. Der Innenraum weist eine lichte Weite von 19,4 x 3,6 m auf und kann erstmals wieder zur Gänze überblickt werden. Gemauerte Wandkonsolen tragen ein fünfjochiges Kreuzgewölbe, dessen Mittelfeld der Apsisöffnung entsprechend querrechtekkig ausgebildet ist, während die vier seitlichen Felder annähernd quadratische Form zeigen. Die auffallend geringe Scheitelhöhe von nur 3 m hat fast alle Autoren bewogen, eine nachträgliche Erhöhung des Bodens von 1 m anzunehmen. Als aber 1980 im östlichen Teil der Krypta der gleichzeitig mit den barocken Einbauten aufgetragene Estrich entfernt wurde, stieß man unmittelbar darunter auf den originalen, bereits stark zerstörten Estrich, der sich unter die Gruftwände hinein erstreckte. Die teilweise sichtbare Steinlagerung des Untergrundes bestätigte, daß der Boden nicht erhöht worden war. Anstelle eines neuen Estrichs, der dem ursprünglichen Boden am besten entsprochen, aber dessen Anfertigung unerwünschte Feuchtigkeit in den Raum gebracht hätte, wurden große Steinplatten trocken verlegt.

Der Abbruch der nördlichen Grüfte ergab, daß die 160 cm starke Nordwand innen 50 cm tief ausgebrochen worden war, um die nötige Länge für die Särge zu gewinnen. Nach deutlichen Spuren am Gewölbe wurde die ursprüngliche Mauerstärke wieder hergestellt und außerdem eine vermauerte Rundbogentür wieder geöffnet. Sie führt in das Erdgeschoß des nördlich angestellten Turmes und dient nun als neuer Zugang zur Krypta. 1980/81 wurde an der Nordseite der Stiftskirche ein gedeckter Gang erbaut, der den Klosterhof mit dem Raum nördlich der Krypta verbindet.

Die Westwand weist in den beiden äußersten Bogenfeldern zwei rechteckige Öffnungen auf, die oben vom Gewölbe überschnitten werden. Durch sie führen steile Treppen, deren unterste Steinstufen noch innerhalb der Krypta liegen, gerade zu den Seitenschiffen der Oberkirche empor. Die mit Steinplatten flachgedeckte Nordtreppe wird ungefähr auf Drittelhöhe von einem vorspringenden Türgewände in rechteckiger Steinrahmung, an dem eine alte Holztür anschlägt, unterbrochen. Die südliche Treppe ist rundbogig überwölbt und zeigt auf gleicher Höhe einen vorspringenden quadergerahmten Rundbogen. Eine eingemauerte Angel läßt erkennen, daß auch hier ursprünglich eine Tür angebracht war. Die Treppen wurden zugleich mit der Westwand, die an die Türgewände angestellt ist, errichtet. Während die nördliche Treppe bis vor kurzem den einzigen, oben mit einer Falltür verschlossenen Zugang zur Krypta bildete, hatte man beim Bau der Prälatengruft den Kirchenboden über der Südtreppe geschlossen und die in den Innenraum vorspringenden Stufen entfernt. Sie wurden nun wieder ergänzt, der Ausstieg geöffnet und mit einer neuen Falltür abgedeckt. Am Fuß der Westwand zieht sich ein durchschnittlich 40 cm hoher und 45 cm vorspringender gemauerter Sockel hin, der als Priesterbank zu deuten ist. Im Bereich der Prälatengruft und auf einem rund 3 m langen Abschnitt südlich der Nordtreppe fehlt er. Nach vorhandenen Spuren wurde er dort wieder aufgemauert.

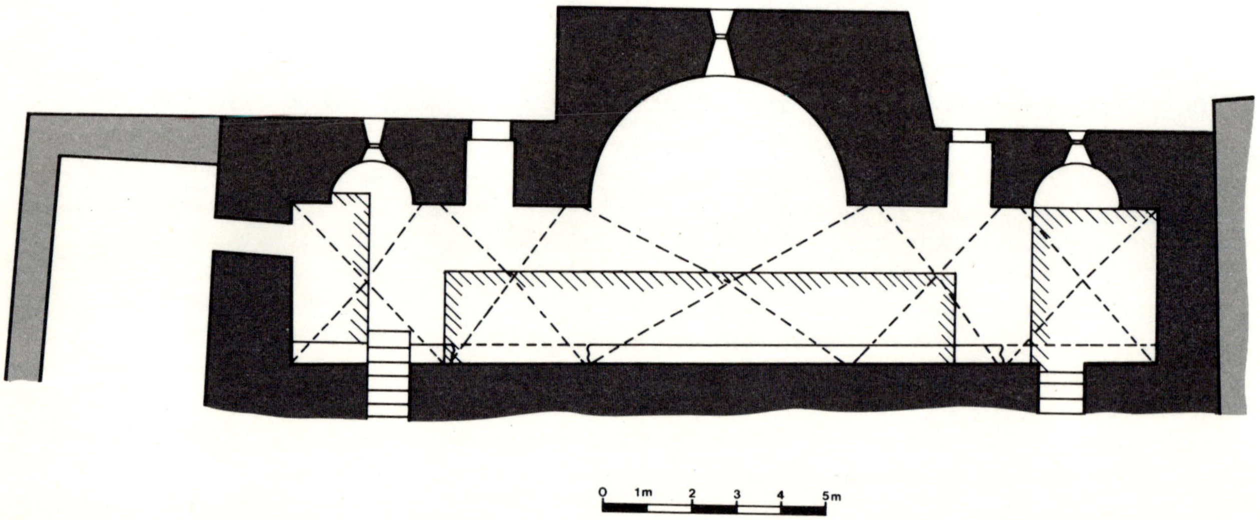

Grundrißskizze der Krypta

Hellgrau: spätere Anbauten im Norden und Süden
Schraffiert: Grufteinbauten des 17. Jh.s, im April 1980 entfernt.

Die Südwand zeigte sich als ungegliederte Mauerfläche, deren Verputz durch Feuchtigkeit weitgehend zerstört war und daher erneuert wurde.

In der Mitte der Ostwand öffnet sich auf halbkreisförmigem Grundriß die 5,80 m breite und 2,85 m tiefe Hauptapsis. Sie wird von einer Kalotte überwölbt und von einem kleinen Rundbogenfenster in tiefer Leibung erhellt. Da längs der Apsisrundung der ursprüngliche Verputz 40 cm ober dem Boden mit der Kelle eingeritzt und nur oberhalb dieser Linie weiß getüncht worden ist, kann auch hier eine umlaufende Priesterbank angenommen werden. Im südlichen und nördlichen Joch der Ostwand ist aus der Mauerstärke je eine Seitenapside von 95 cm Tiefe und 1,85 cm bzw. 1,90 cm Breite ausgespart. Sie springen außen nicht vor und sind daher nicht sichtbar; bis 1980 war die südliche Apsis auch von innen durch die Prälatengruft verdeckt. Kleine kreisrunde Öffnungen, die erst 1981 verglast worden sind, sorgen für Licht und betonen die Achse, die zwar nicht genau, so doch ungefähr mit der jeweiligen Treppe zur Oberkirche zusammenfällt. Am Rundbogen der Südapsis ist der Putz abgefallen und läßt die sauber gefugten, aber nicht auf Sicht berechneten Steine erkennen. Ursprüngliche Altäre haben sich nicht erhalten, die nördliche Apsisrundung zeigt aber ein regelmäßiges, 108 cm hohes und 117 cm breites Feld, dessen Verputz nicht geweißt worden ist und mit Sicherheit dem an die Apsiswand gerückten Altar entspricht.

Im Joch zwischen Haupt- und Nebenapsis befindet sich je eine Rundbogentür, von denen die nördliche innen, die südliche außen vermauert waren und nun wieder geöffnet wurden. Die Durchbrüche in der 1,60 m starken Mauer sind im Norden mit einer Spitztonne, im Süden rundbogig überwölbt und weisen außen eine einspringende Quaderrahmung mit geradem Sturz (Süden) bzw. Dreieckgiebel (Norden) auf. Die Öffnungen führen heute in den Klostergarten, bildeten aber ursprünglich den Hauptzugang zur Krypta. Rasmo behauptet sogar, daß die Türen ins alte Refektorium geführt hätten, und begründet seine These mit den Fresken, die er 1971 zu beiden Seiten der Nordtür entdeckt hat.[17]) Goswin berichtet nämlich von Fresken im alten Refektorium[18]), allein die Bildinhalte stimmen nicht überein, und der an der Nordwand der Mittelapsis schräg verlaufende obere Abschluß der Malereien läßt eher an einen kleinen Vorraum mit Pultdach als auf ein noch so bescheidenes Refektorium schließen. Außerdem spricht Goswin von einem „Haus bei der Marienkapelle“ und nicht bei der Krypta.

Da jegliche Bauplastik fehlt, kommt den erhaltenen Resten originaler Architekturfarbigkeit als einziges Schmuckelement besondere Bedeutung zu. Restaurator Brizi teilte bereits 1927 dem Denkmalamt in Trient mit, daß unter den berühmten romanischen Fresken ältere Dekorationsmalereien vorhanden sind.[19]) Seine Feststellung wurde aber nicht beachtet, und erst 1971 führte Nicolò Rasmo diesen wichtigen Befund in die Fachliteratur ein.[20]) Waren damals nur Teile sichtbar, läßt sich jetzt das Dekorationssystem insgesamt überschauen. Der Innenraum ist mit einem dunklen, graugelben Kalkmörtel verputzt, auf dem eine heute vergilbte Kalktünche liegt. Die Gewölbegrate werden von rotgerandeten Ornamentbändern hervorgehoben, in denen paarweise angeordnete grüne

Zackendreiecke mit ihren Spitzen auf den Grat hinweisen. An besser erhaltenen Stellen ist zwischen je vier Dreiecken eine rote gezackte Mittelfüllung sichtbar. Am Scheitel des zweiten Joches von Norden hat sich ein gemalter „Schlußstein", eine runde Scheibe mit geometrischen Ornamenten in gleichen Farben, erhalten. Die Gratbänder laufen an den Konsolen aus, von denen vier Reste roter Fratzen mit Stehfrisur und Spitzohren, eine ein größeres Stück einer grünen Fratze mit Knollennase und rotem Maul zeigen. Eingebunden in diese nachweislich bis zum Ansatz der Konsolen herabreichende Dekoration ist die rote Fugenmalerei an den Apsiden- und Türbögen. An der Nordapsis sind die auf der Kalktünche radial angeordneten Fugenstriche zwischen einer inneren und einer äußeren Randlinie am besten erhalten. Die ca. 2 cm breiten Striche in unregelmäßigem Abstand reichen — soweit heute erkennbar — auch nicht unter die Konsolen hinab. Der äußere Rand der Nordtür weist rechts einen zu großen Radius auf, ein zweiter Strich ist als ursprüngliche Korrektur zu werten. Den Bogen der Hauptapsis bedeckt die jüngere Freskenschicht. An einigen Stellen ist ein Teil davon abgefallen, darunter kommt die rote Fugenmalerei zum Vorschein. Am Bogen der Südapsis fehlt der Putz fast vollständig, und nur die mit der Kelle eingeritzten Stoßfugen sind rot nachgezogen.[21]) Das Gewölbe der Südtür zeigt drei Kreuze, ein rotes zwischen zwei gelben. An der Fassade hat sich nur im oberen Bereich des nördlichen Rundfensters die ursprüngliche Fugenmalerei erhalten. Die innere[21a]) und äußere Kante der Leibung ist rot gerandet; von letzterer gehen, im Verputz eingeritzt und rot nachgezogen, fünf radiale Fugenstriche aus. Oberhalb einer waagrecht eingeritzten Linie bricht der originale Putz ab.

Der querrechteckige Grundriß nimmt unter den romanischen Krypten eine Ausnahmestellung ein. In der Hallenkrypta betonen stets mehrere von Säulen getragene Joche die mit dem Kirchenschiff parallele Längsachse. Sogar die Saalkrypta der Schloßkirche von Spiez im Kanton Bern, die ebenfalls auf das für Krypten geradezu charakteristische Element der Säulen verzichtet, weist zur Festlegung der Raumachse eine der Ostapsis entsprechende Westapsis auf.[22]) In Marienberg herrscht hingegen trotz der drei Fensterachsen eine ausgesprochene Querorientierung vor, die sich nur aus der baulichen Verbindung von Krypta und Querschiff erklären läßt. Als Vorbilder nennt Müller die hintere, unter Bischof Adalgott (1151—1160) erbaute Krypta in der Kathedrale von Chur und die Krypta im Kloster Ottobeuren.[23]) Anregungen aus beiden Richtungen sind durchaus möglich, formale Einflüsse aus Chur aber auszuschließen, aus Ottobeuren nicht nachzuweisen, da die dortige Krypta nicht mehr besteht. Die drei Apsiden entsprechen der dreischiffigen Anlage der Stiftskirche, deren Bauhütte nach Rasmo wahrscheinlich direkt aus der Lombardei gekommen ist.[24]) Die außen rechteckig vorspringende Apsis weist aber nicht dorthin[25]), sondern in den churrätischen Raum. Müller erwähnt in diesem Zusammenhang St. Benedikt in Mals und die Agathakapelle von Disentis.[26]) Nicht zu vergessen ist schließlich St. Stefan bei Marienberg, das ebenfalls eine Rechteckapsis zeigt. Die Treppen sind ein Teil der gewöhnlichen Kryptenausstattung, die gegenüberliegenden Türen dem Geländeverlauf, der einen Zugang von außen ermöglicht, zuzuschreiben. Die jeweils doppelte Ausfertigung ist nicht nur auf das Streben nach architektonischer Symmetrie, sondern auf praktische Bedürfnisse der im 12. Jahrhundert noch üblichen Prozessionsliturgie zurückzuführen. Die rote Fugenmalerei hebt die Bogenelemente des schlichten Raumes hervor und vermag der Ostwand mit ihrem Wechsel von großen und kleinen Rundbögen einen farbigen Rhythmus zu verleihen. Vorbilder dieser Art finden sich in gemalten Fensterrahmungen aus karolingischer Zeit, wie sie im Umkreis von Marienberg die Kirchen St. Stefan, St. Benedikt in Mals, St. Johann in Müstair und in weiterer Entfernung St. Peter in Mistail sowie S. Lucio in S. Vittore zeigen.[27]) Freilich wurde dort bei höherer Qualität der Ausführung auf eine illusionistische Vortäuschung von rot-weißer Stein- oder Ziegelrahmung Wert gelegt, während hier eine etwas primitive Reduktion auf den Quaderraster stattgefunden hat. Die Farbbänder am Gewölbe geben den schwach ausgeprägten Graten in geschickter Weise eine stärkere Struktur. Das Ornament stammt aus der byzantinischen Mosaikpraxis und ist in der romanischen Kunst allgemein verbreitet. Die derben Konsolfratzen gehen über die reine Dekorationsmalerei hinaus und werfen die Frage auf, ob in der Hauptapsis eine Figuralmalerei unter der jüngeren Freskenschicht liegt. Solange darauf keine Antwort gegeben werden kann, muß man sich mit der zur Betonung architektonischer Elemente eingesetzten Dekoration begnügen. Sie stellt die Erstausstattung der 1160 geweihten Krypta dar und beansprucht daher ein nicht zu unterschätzendes Interese.

FRESKEN

Wenig später erhielt die Krypta eine neue Ausstattung von unvergleichlich höherer Qualität. Die Hauptapsis, das mittlere Gewölbejoch und der entsprechende Teil der Westwand sowie zwei kleinere Flächen neben den Türen wurden mit einer Putzschicht bedeckt und bemalt. Außerdem brachte man ober den Bögen der Seitenapsiden je einen Putzstreifen für gemalte Inschriften und an der Westwand neben der Südtreppe ein kleines Putzfeld für ein einzelnes Fresko an. Wahrscheinlich zur gleichen Zeit wurde die Krypta auch an der Außenseite teilweise neu verputzt und bemalt.

Ikonographie

Das gesamte Bildprogramm orientiert sich an der Majestas Domini, dem bevorzugten Thema romanischer Monumentalmalerei. Der thronende Christus beherrscht nicht nur die Apsis, ihm ist auch die Malerei im Gewölbe und an der Westwand zugeordnet.

Die Sockelzone der Apsis, die bis zu einer Höhe von 109 cm gerade aufsteigt, zeigt nur mehr Fragmente der bemalten Putzschicht. Etwas oberhalb der Priesterbank sieht man rechts von der rot-weißen Fensterrahmung Reste eines rot-grünen Mäanders, der sich ursprünglich wohl über die ganze Rundung erstreckt hat.[28]) Nach oben schließen ebenfalls nur teilweise erhaltene Streifen in Gelb, Blaugrau und Rot an. Zwischen den Farben sind weiße Perlenschnüre aufgemalt, deren obere Reihe von größeren Kreisen unterbrochen und darunter von gelben Perlen begleitet wird. Die zweizeilige Weiheinschrift, von der heute nur mehr einzelne Majuskeln auf weißem Grund schwach kenntlich sind, trennt die dekorative Malerei am Sockel von der Majestaszone der Wölbung.

Die gekrümmte Fläche wird von farbigen Streifen gegliedert, die im unteren Teil waagrecht bis zum Apsisbogen, im oberen konzentrisch um die Mandorla verlaufen und zu beiden Seiten von dieser zwei sphärische Dreiecke einschließen. Der unterste braunrote Streifen weist mehrere Reihen gelb gezeichneter Erdschollen mit stilisierten Pflänzchen auf, die darüber liegenden reine Farbflächen in Weiß, Gelb, Rot, Grün. Sie stellen geometrische Abstraktionen der Bestandteile des illusionistischen Landschaftshintergrundes (Erde, Himmel, Wolken) der spätantiken Malerei dar, wobei die Raumtiefe zugunsten der dekorativen Fläche aufgegeben wird.[29]) Garber macht als erster auf die halbkreisförmigen, kleinen Lappen aufmerksam, die sich in dünnen weißen Linien zwischen die Streifen schieben. Er sieht darin eine „noch weiter vorgeschrittene Schematisierung" des Streifenhintergrundes auf der Reichenau.[30]) Während dort die wellenförmige Abgrenzung noch leise an die Herkunft der Streifen erinnert, führen hier die in regelmäßigen Abständen meist paarweise angeordneten Lappen die Abstraktion konsequent weiter. Sie trennen auch im Gewölbe und an der

Westwand die einzelnen Farbzonen, fallen aber aufgrund ihrer Unscheinbarkeit in der Gesamtwirkung überhaupt nicht auf.

Die zwischen Fensterleibung und Apsisbogen eingespannte Mandorla steht dem Streifengrund farblich nicht nach. Den grünen Kern umgibt ein blauer Streifen, dessen Farbe mit den sphärischen Dreiecken übereinstimmt. Das Apsismosaik von Hosios David in Saloniki, eine der ältesten Darstellungen der Majestas Domini, zeigt die Mandorla als Lichtwolke, die den erscheinenden Christus im Sinne einer Theophanie illusionistisch umstrahlt.[31]) In der romanischen Malerei wird sie zur geometrischen Fläche umgebildet, die hier zwei Farben aufweist. Einzig der schmale, von Rotbraun bis Weiß vierfach abgestufte Rand der Mandorla vermittelt deren ursprüngliche Lichtqualität. Thron und Fußschemel des Herrn bilden zwei Segmentbögen, die aus gelben Tafeln zusammengesetzt sind. Jede ist mit fünf Edelsteinen, einem rechteckigen in der Mitte und vier ovalen in den Ecken, verziert. Dieser Schmuck tritt am geschlossenen Buch der Majestas Domini als Kennzeichen des von Christus ausgehenden Evangeliums häufig auf[32]), an Thron und Schemel begegnet er aber selten. Die Darstellung bezieht sich auf die Bibelstelle „und rings um den Thron war ein Regenbogen, anzusehen wie ein Smaragd".[33])

Frontale Symmetrie bestimmt den Kopf des Herrn. Das dunkel gerandete Gesichtsoval wird von weit geöffneten Augen unter hohen Brauen und dem verschlossenen Mund charakterisiert. Da Voll- und Schnurrbart stark verblichen und nur aus der Nähe sichtbar sind[34]), erweckt das Antlitz einen jugendlichen Eindruck, der ursprünglich nicht gegeben war. Ein weißer Kreuznimbus auf gelber Scheibe hebt den Mittelpunkt der Apsis und der gesamten Malerei gebührend hervor. Das aufgeschlagene Buch enthält keinerlei Schriftzeichen. Symmetrisch zur segnend erhobenen rechten Hand ist das rechte Bein nach außen gedreht. Die Frontalansicht wird dadurch gesprengt, die Fläche der Figur vergrößert. Zarte weiße Bortenornamente, fünf kleine Kreise zwischen je zwei Parallelstrichen, sind auf der roten Tunika und dem hellen Mantel aufgemalt. Das Muster tritt nahezu an allen Kleidungsstücken der Kryptafresken auf.

Die Längsachse der Mandorla und des Fensters teilt die Apsiswölbung in zwei gleiche Hälften, die in spiegelbildlicher Symmetrie mit Figuren besetzt sind. Dabei zeigt sich, daß der Streifenhintergrund nicht nur eine farblich-dekorative und flächenfüllende Bedeutung hat, sondern auch eine Rangordnung ausdrückt. Auf dem „Erdboden" stehen rechts vom Fenster der Lukasstier, der hl. Paulus und der Matthäusengel, links der Markuslöwe, der hl. Petrus und der Johannesadler. Die gewöhnlich als Evangelistensymbole bezeichneten vier Wesen gehören zum festen Bestand der Majestas-Domini-Komposition. Erstmals beschreibt sie der Prophet Hesekiel in der Vision am Flusse Kebar als viergestaltige Zeichen der Allmacht und Allgegenwärtigkeit Gottes.[35]) Johannes verwendet das Bild und sieht die vier Einzelwesen „rings um den Thron".[36]) Ausgehend von diesen biblischen Gottesvisionen, die zwar den Thronenden nie beschreiben, entwickelte sich im 5. Jahrhundert der

Darstellungstyp des in der Herrlichkeit thronenden Christus (Majestas Domini). Gleichzeitig werden die vier Wesen mit den Evangelisten in Verbindung gebracht und erhalten Bücher als Attribute. Ihre erste Bedeutung als Thronwesen und Verherrlichungssymbole Gottes wird dabei erweitert. In näherer Beziehung zu Christus stellen sie nun auch sein viergestaltiges Heilswirken und die Einheit des Evangeliums dar.[37]) Die in der ersten Hälfte des 9. Jahrhunderts im Skriptorium von Tours entstandene Anordnung der vier Wesen im kosmischen Viereck — oben Mensch und Adler, unten Stier und Löwe — wird verbindlich für die meisten Majestasbilder.[38]) Die Marienberger Reihung auf einer Ebene bildet eine Ausnahme, der „Erdboden" als Standort steht geradezu im Widerspruch zu ihrem ursprünglich visionären Gehalt, der zusammen mit der Lichtglorie der Mandorla die Majestas Domini charakterisiert.

Der Stier und der Engel halten ein Buch, dessen Deckel aus zwei gelben Tafeln besteht, die mit dem gleichen Edelsteinschmuck wie jene des Thrones verziert sind. Der Löwe und vor allem der Adler sind nur fragmentarisch erhalten. Der Kopf des Engels wendet sich im Dreiviertelprofil der Mandorla zu. Mit Ausnahme von Stier und Adler, die im Profil wiedergegeben sind, blicken auch alle anderen Köpfe der Apsis in dieser Haltung zum Herrn. Die im Mantel eingeritzte Inschrift „Petrus..." und die Schlange darunter stammen von einem späteren Besucher. Im Haar des Engels sieht man weiße Tänien. Während sie in der frühchristlichen und byzantinischen Kunst als naturalistische Haarbänder dargestellt werden, erfolgt in der Wand- und Buchmalerei der Romanik eine Umformung ins Lineare. Hier erscheinen sie als hauchdünne weiße Linien, die mitunter von kurzen Parallelstrichen gekreuzt werden. In gleicher Weise sind auch die breiten Zierbänder an den Flügeln byzantinischer Engelsfiguren auf zarte, rein graphische Linien reduziert, die den Flügelbug kreuzweise umschlingen. Alle Engel der Krypta tragen Haar- und Flügelbänder, bei einzelnen sind sie kaum mehr sichtbar, bei anderen, vor allem den neu zum Vorschein gekommenen, besonders gut erhalten.

Die Aufstellung am untersten Streifen und die geringe Größe — die blauen Nimben liegen zwischen gelbem und rotem Streifen — weisen den vier Wesen in der Marienberger Apsis einen untergeordneten Platz zu.

Barfuß steht Paulus auf dem untersten Streifen, von Petrus fehlt die Putzschicht unterhalb der Knie. Sie sind beinahe doppelt so groß als die vier Wesen, ihre Köpfe auf roten Nimben reichen bis zum Ansatz des Thrones. Die Ikonographie entspricht der byzantinischen Tradition. Petrus ist als weißhaariger ausgezehrter Greis, Paulus als kräftiger Mann mit hoher Stirn dargestellt. Die Attribute Schlüssel und Buch, das wiederum den gleichen Deckelschmuck zeigt, fehlen nicht. Als Patrone des Hauptaltares der Krypta wurden sie wie in St. Peter und Paul in Niederzell auf der Reichenau in das Majestasbild aufgenommen. Auch die Majestas Domini in der ehemaligen Prämonstratenser Abteikirche Knechtsteden bei Köln zeigt die Apostelfürsten. Dort halten beide in verhüllten Händen Bücher mit dem gleichen Deckelschmuck wie in Marienberg. Clemen führt die Aufstellung von paarweise angeordneten Figuren zu beiden Seiten der Mandorla darauf zurück, daß bei der Einfügung der ursprünglich für einen rechteckigen Rahmen geschaffenen Majestas-Domini-Komposition in eine Halbkuppel ein breiter Raum freiblieb, der in entsprechender Weise zu füllen war.[39])

Zwischen Petrus und Johannesadler hat sich auf dem grünen Streifen ein fragmentarischer Kopf mit Tonsur und Mönchskapuze und davor eine betende Hand erhalten. Atz interpretiert den Rest als Teil einer Darstellung des Abtes, unter dessen Regierungszeit die Malereien geschaffen worden sind.[40]) Seine Deutung wurde von allen Autoren übernommen. Sicherlich stand auch diese Figur auf dem untersten Streifen. Die streng symmetrische Gliederung der Apsismalerei erforderte auf der anderen Seite ein Gegengewicht. Tatsächlich wurde 1981 im untersten Streifen zwischen Paulus und Matthäusengel eine beim Bau der Grüfte vermauerte Flachbogennische[41]) entdeckt und geöffnet. Die wie der Apsisbogen und die Fensterleibung rot-gelb gerahmte Öffnung ist 42 cm tief und dürfte als Sakramentsnische gedient haben.

Auf dem nächsthöheren Streifen erheben sich neben den Apostelfürsten zwei Engel. Sie stehen nicht unmittelbar auf dem weißen Grund, sondern auf blauen „Brettchen", die als Standflächen aller Engel, ausgenommen die drei der westlichen Gewölbekappe, in verschiedenen Farben auftreten. Auch dieses scheinbar sinnlose Detail stellt eine flächenhafte Abstraktion eines naturalistischen Vorbildes dar. Die Mosaiken der Klosterkirche von Daphni bei Athen, das Hauptwerk der byzantinischen Malerei des frühen 12. Jahrhunderts, zeigen einen Engel, der auf einem ovalen Rasenstück mit stilisierten Pflanzen steht.[42]) Über unbekannte Zwischenstufen war der Schritt zur Fläche in reiner Form und Farbe nicht sehr groß. Die Köpfe der symmetrisch gestalteten Engel liegen wie jene der Apostelfürsten auf dem gelben Streifen, erreichen aber bereits die Höhe des Thronscheitels. Jeder hält ein langes Schriftband, das zur Annahme berechtigt, daß die Engel aus der Ikonographie des Himmelfahrtsbildes stammen.[43]) Da die Majestas-Domini-Darstellung davon beeinflußt worden ist, nimmt eine zusätzliche Erweiterung dieser Art nicht wunder.

Schließlich stehen am grünen Streifen, genau oberhalb der Köpfe des Matthäusengels und des Johannesadlers, zwei sechsflügelige Engel. Sie sind als reine Flügelwesen charakterisiert, nur Köpfe, Füße und die waagrecht auf den Flügeln liegenden Hände haben menschliche Formen. In der Literatur werden sie als Cherubim bezeichnet, da aber die Augen an den Flügeln und die Räder fehlen, entsprechen sie mehr den Seraphim der Tempelvision des Jesaja.[44]) Zwar rufen sie beim alttestamentlichen Propheten das Dreimalheilig, während hier ihr Mund verschlossen ist, als Thronwesen werden sie aber häufig in die romanische Majestas Domini übernommen. Sie stehen Christus am nächsten, ihre farblich differenzierten Köpfe vor rotem bzw. blauem Nimbus liegen auf seiner Haupthöhe am oberen Ende des gelben Streifens. Die äußeren Flügel stoßen an den rot-gelben Rahmen des Apsisbogens, das aufsteigende Paar füllt die Zwickel zu beiden Seiten der Mandorlaspitze. Der dreifarbige Aufbau der Flügel geht auf byzantinische Tradition zurück, in der Form sind sie aber schlanker gestaltet.

Zum bereits bekannten Freskenbestand der Apsis kommen Malereien hinzu, die 1981 in der Fensterleibung entdeckt und zwei Jahre später freigelegt worden sind. In der oberen Hälfte — nur dort ist der bemalte Feinputz erhalten geblieben — sieht man Streifenhintergründe in den Farben Gelb, Rot und Grün, die sich auf beiden Seiten von der rot-gelb gerandeten äußeren Kante bis zum Fenster erstrecken. Der grüne Streifen folgt vorne auch dem Bogen der Leibung und schließt die blaue Fläche der Wölbung ein. In der Tiefe der Leibung sind links zwei, rechts ein spitz zulaufender Kugelbaum mit stilisierten gelben Blättern gemalt. Den vorderen Bereich nehmen zwei stehende Frauenfiguren ein. Die streng spiegelbildliche Anordnung entspricht dem Kompositionsprinzip der Apsis. Die Köpfe liegen auf großen roten Nimben, das Haar mit breitem blauem Stirnband fällt in langen Zöpfen über die Schultern. Die rechte Hand ist jeweils erhoben, die linke hält eine weiße Märtyrerpalme mit dunkler Blattzeichnung. Beide tragen helle Unterkleider, die am Halsausschnitt kreis- bzw. mäanderförmige Ornamente zeigen, und einen blauen bzw. rostbraunen Mantel. Auf letzterem liegt ein gemalter Wappenschild, der von einem Engel gehalten wird und außer der bereits erwähnten Inschrift „Hans Prigl 1. Juni 1603" ein durchbohrtes Herz und, wohl in Anspielung auf den Namen, einen Prügel mit Astansätzen zeigt. Trotz zahlreicher Beschädigungen der Malschicht, vor allem im Bereich der linken Figur, ist der Neufund von großer Bedeutung. Der ursprüngliche Aufbau der Majestas Domini, die somit noch vielfiguriger ist, als bisher bekannt war, konnte wiedergewonnen werden. Außerdem verkörpern die beiden Märtyrerinnen, die wohl mit jenen in Verbindung zu bringen sind, deren Reliquien sich nach Goswin im Hauptaltar der Krypta befanden[45]), einen etwas verschiedenen ikonographischen Typ von hoher Aussagekraft.

Über die Kante des Apsisbogens sind in der rechten Hälfte rote und blaue, in der linken rote und grüne Quader gemalt, deren Tupfen sie als Marmorimitation ausweisen. Ein gelb-roter Rand, der im Abschnitt der beiden Quader am Bogenscheitel mit zwölf weißen Kreisen geschmückt ist, leitet über zum Gewölbe. Dort rahmt ein rot-gelber Streifen die Malerei, der sie auch an der Westwand einfaßt und über die Trennlinie gemalte Edelsteine erkennen läßt. Im Norden und Süden läuft die zweite Putzschicht in unregelmäßiger Kontur aus. Das Fresko beginnt mit einem roten Streifen in Grün, Rot und Gelb bis zum blauen Gewölbegrund, der mit verschieden geformten weißen Sternen übersät ist. Die Grate werden von farbigen Wolkenbändern hervorgehoben, die außerdem in dreifachem Kranz den Scheitel umgeben und übereinandergereiht im Osten, Westen und Süden die Zwickel der Gewölbeansätze ausfüllen. In jeder Kappe sind drei Engel dargestellt, nur in der westlichen zusätzlich die Halbfigur eines vierten. Die einander gegenüberliegenden Kappen sind symmetrisch gestaltet und geben auf diese Weise der insgesamt einheitlichen Komposition einen wechselnden Rhythmus. Die Mittelfiguren im Osten und Westen liegen in der Achse des thronenden Christus, ihre Köpfe sind daher als einzige frontal wiedergegeben. Mit Ausnahme des westlichen Engels der Nordkappe, der zur Westwand blickt, wenden sich alle Engel in Dreiviertelansicht zur Mandorla. In der nördlichen und südlichen Kappe sind grüne Dreiecke eingelegt, die außer der dekorativ farblichen auch eine kompositorische Funktion erfüllen. Die zum Gewölbescheitel gerichtete Spitze liegt jeweils hinter dem Kopf des mittleren Engels, die Köpfe der beiden seitlichen befinden sich auf den abfallenden Seiten der Dreiecke. Die östliche Kappe zeigt hingegen hinter den seitlichen Engeln kleinere grüne Dreiecke, an die sich zu den Gewölbeansätzen hin grüne Trapeze anschließen. Die Sterne überziehen auch die grünen Flächen, ein Bedeutungsunterschied ist daher nicht feststellbar. Die Engel tragen verschiedenfarbige Unterkleider und Mäntel, deren untere Enden bei manchen gleichsam im Winde flattern. In einer Hand halten sie weiße Kreuzstäbchen als Hoheitszeichen, mit der anderen weisen sie auf Christus hin. Die nackten Füße auf den „Brettchen" zeigen mitunter eine bewegte Schrittstellung. Die Engel der Westkappe schweben unmittelbar auf dem blauen Himmelsgrund, die beiden seitlichen reichen mit je einem Fuß bis in die Wolkenbänder der Grate. Der mittlere Engel der Ostkappe, dessen Kopf als einziger nicht zum Gewölbescheitel, sondern zum Apsisbogen ausgerichtet ist, steht Christus am nächsten und wird durch vierfache Kleidung hervorgehoben. Anstelle des Stäbchens hält er in der Rechten eine weiße Fahne, die in drei lange Streifen ausläuft. Sie entspricht dem in der frühchristlichen und byzantinischen Kunst gebräuchlichen Labarum, dem Engelsbanner. Während es dort meist quadratisch mit dreifach aufgemaltem Hagios dargestellt wird, verwendet der Marienberger Meister hier eine in der Romanik übliche Fahnenform ohne Schrift. Eine Sonderstellung innerhalb dieses himmlischen Thronstaates nehmen ferner der bereits erwähnte westliche Engel der Nordkappe, der sich mit verstörtem Gesichtsausdruck von Christus abwendet, und der kleine Engel, dessen Halbfigur aus dem Wolkenkranz des Scheitels in die Westkappe hineinwächst, ein. Da das Kreuzstäbchen beiden fehlt, kann eine gegenseitige Beziehung vermutet werden. Deren Bedeutung bleibt allerdings dahingestellt.

Das Gewölbe eines Kirchenraumes wird bereits in frühchristlicher Zeit als Himmelszelt gedeutet und mit Hilfe der Malerei als solches gestaltet. Die Bereicherung der Majestasbilder mit Engeln in Apsiden und Gewölben führt Demus auf die Erneuerung pseudo-areopagitischer Gedanken, wie sie im 12. Jahrhundert von Saint Denis ausging, zurück.[46]) Mit Bezug auf die Liturgie, die als Vermittlerin der verschiedenen biblischen Texte stark auf die Majestas-Domini-Komposition eingewirkt hat, bietet Peterson einen interessanten Hinweis. Er schreibt: „Zur Wesensbestimmung des Mönches gehört, daß er die Liturgie der Engel in seiner Ordnung nachahmt, daß er freiwillig in den hymnischen Preis der Engel einstimmt."[47])

So bezeichnet eine Erklärung der englischen Benediktinerkongregation zum 19. Kapitel der Regel des hl. Benedikt (Vom Verhalten beim Chorgebet) als erste Pflicht der Mönche, „das auf Erden zu vollbringen, was die Engel im Himmel tun".[48]) An anderer Stelle weist auch Peterson auf das erwähnte 19. Kapitel hin, in dem die Anwesenheit der Engel beim Psalmengesang der Mönche angenommen wird.[49]) Solche Vorstellungen, die sich auf die Worte des Psalmisten „Im Angesichte der Engel will ich dir singen"[50]) berufen können, und der Wunsch, die Liturgie in sichtbarer Gemeinschaft mit den Engeln zu feiern, sind ohne Zweifel in das von Mönchen ausgearbeitete Bildprogramm eingeflossen.

Die Westwand wird von einem roten und blauen Mäander zwischen zwei gelb-roten Streifen ungefähr zur Hälfte geteilt. Unterhalb davon fällt ein gelber Vorhang mit ausgeprägtem Faltenwurf bis zur Priesterbank. Die Sitzfläche zeigt an einer Stelle eingeritzte Faltenstriche, die Vorderseite Reste von einer roten und zwei grauen Farbflächen, die als Quaderimitationen ursprünglich wohl die ganze Bank vorne geschmückt haben. Ungefähr in der Mitte des Vorhanges ist ein bärtiger Mann in Mönchskleidung und Schuhen dargestellt. In der Rechten hält er einen großen Schlüssel, an dem mittels eines Ringes ein zweiter befestigt ist. Die Bedeutung dieses Pförtners ist unklar.

In der Mitte des flachbogigen Feldes oberhalb des Mäanders erhebt sich eine Säule, von deren Kapitellzone in beiden Richtungen eine Mauer mit Viereckzinnen ausgeht. In perspektivischer Andeutung greift sie in die Tiefe aus, folgt der absteigenden Bogenlinie, biegt wieder nach vorne und endet schließlich an zwei seitlichen Säulen. Die mit weißen Bändern umwickelten Säulen werden ober den Blattkapitellen von hohen zylinderförmigen Kämpfern mit Kuppelabschluß fortgesetzt. Sie sind als Abstraktionen der in der Romanik verbreiteten Darstellung von Türmen zu erklären. Zweistöckige Mauertürme dieser Form, zwar mit Kegeldach, aber mit gleichem Knauf wie in Marienberg, finden sich z. B. auf einem Fresko der Johanneskapelle in Pürgg.[51]) Dieses Motiv wird an verschiedenen Orten auch als Säulenaufsatz verwendet. Die Wandmalereien in der Gabrielskapelle der Kathedrale von Canterbury zeigen eine Säule, deren doppelgeschossiger Aufbau mit Fenstern und Quadern den architektonischen Charakter noch gut erkennen läßt.[52]) Die Säulenaufbauten der Fresken in Perschen[53]) und Chalière[54]) entsprechen hingegen bereits fortgeschrittener Abstraktion und weisen nur mehr einen hohen weißen Rechteckschlitz als Erinnerung an die Turmfenster auf, der auch in Marienberg zu erkennen ist. Innerhalb der Mauer breitet sich eine grüne Fläche aus, in die zu beiden Seiten der Mittelsäule große blaue Trapeze eingesetzt sind. Vor diesen stehen in symmetrischer Anordnung je drei Engel, größenmäßig zur Mitte hin gestaffelt. Jede Gruppe hält ein leeres weißes Schriftband, das rechts etwas länger ist und die völlige Symmetrie der beiden Hälften unterbricht. Am Gewand des nördlichsten Engels sieht man eine zarte Rötelzeichnung aus späterer Zeit. Auf wen sich das Pastorale und der Wappenschild mit geschachtem Schrägbalken bezieht, konnte nicht geklärt werden. Der ummauerte „Raum" bezeichnet das Himmlische Jerusalem, das in der romanischen Kunst stets als Stadt mit Mauern und Türmen dargestellt wird. Die frontal zur Mandorla gewandten Engel schließen den Kreis der dreiteiligen Komposition, deren Ausgangs- und Endpunkt der thronende Herr ist. Die Anordnung Majestas Domini in der Apsis, Engelchöre am Gewölbe und Himmlisches Jerusalem im Westen wurde bereits in der um die Mitte des 11. Jahrhunderts ausgemalten Abteikirche von Saint-Chef en Dauphiné verwirklicht. Am Ende des Jahrhunderts sind die Fresken von S. Pietro al Monte bei Civate in der Lombardei entstanden, die das Himmlische Jerusalem am Gewölbe zeigen, während die Engel in der rechten Seitenapsis unter der Mandorla dargestellt sind. Wie in Marienberg zählt man auch dort insgesamt sechs mal drei Engel, die aber nicht als Einzelpersonen, sondern als Figurengruppen, von denen jeweils die zwei seitlichen Engel dem mittleren über die Schultern schauen, vor Augen geführt werden. Die Inschriften principatus, virtutes[55]) usw. weisen die Gruppen als Darstellungen der Engelchöre aus. Derartige Inschriften fehlen zwar in Marienberg, trotzdem trifft die gleiche Deutung zu. Die Engel von Saint-Chef tragen byzantinische Hoftracht, jene von Civate schlichte knöchellange Gewänder, obwohl die Dreierkomposition nach Grabar auf byzantinische Ikonen-Kalender zurückgeht.[56]) Ob in Marienberg die unterschiedliche Zahl der Kleidungsstücke, von der einfachen Kombination Tunika mit Mantel bis zur vierfachen Gewandfolge des bannertragenden Engels und des Engels rechts der Mittelsäule, einem bestimmten Ordnungsprinzip entspricht, sei dahingestellt. Eine bewußte Reihung ist ebenso wie an den roten und gelben Nimben nicht erkenntlich, dekorative Kriterien sind daher anzunehmen.

Links und rechts der seitlichen Säulen sind die Zwickel des Bogenfeldes symmetrisch ausgefüllt. Ein roter und gelber Streifen sowie ein blaues Dreieck, das ein kleineres in grüner Farbe enthält, bauen den geometrischen Farbhintergrund auf, der sich wie ein Echo auf den Streifengrund der Apsis ausnimmt. Wer die beiden Männer sind, die in mehr als halber Größe vor dem farbigen Grund stehen, kann nicht beantwortet werden. Mit beiden Händen halten sie leere Schriftbänder und wenden den Kopf in Dreiviertelansicht dem Himmlischen Jerusalem zu. Die Mitra weist sie als Bischöfe aus, im übrigen bietet die Ikonographie — beide tragen ein helles Überkleid mit dunklem Futter — keinerlei Anhaltspunkte. Da sie keinen Nimbus haben, sind sie nicht als Heilige gekennzeichnet. Rasmos Vermutung, es handle sich bei den beiden Figuren um eine „außergewöhnliche, an Ort und Stelle improvisierte Arbeit, die dem Freskenzyklus auf Wunsch des Auftraggebers nach Abschluß des Werkes angefügt worden ist"[56a]) läßt sich mit dem geschlossenen theologisch-liturgisch ausgerichteten Gesamtkonzept der Ausmalung wohl kaum in Einklang bringen. Eher könnten sie in Analogie zur ähnlichen Darstellung Aarons in Frauenwörth im Chiemsee, dort aber mit Nimbus, als alttestamentliche Hohepriester zu deuten sein.[56b])

Ungeklärt bleibt auch die Bedeutung des jungen Mannes an der Westwand des südlich anstoßenden Gewölbejoches. Im Gesamtbild der auf Symmetrie bedachten Ausmalung der Krypta fällt das 112 × 43 cm große Fresko vollständig aus dem Rahmen. Die untere Hälfte hat die Farbschicht fast gänzlich verloren, die obere zeigt zwei Säulen, wiederum mit Turmaufsätzen, die einen Rundbogen tragen. Auf dem blauen Arkadengrund steht ein Mann, dessen Kopf und linke Hand zur Achse Mandorla-Gewölbe gerichtet ist. Da er ohne Nimbus und weder als Mönch noch als Kleriker dargestellt ist, drängt sich der Gedanke an ein Stifterbild auf. Ulrich von Tarasp war aber, wie gleich zu besprechen sein wird, an anderer Stelle der Krypta abgebildet.

Rechts neben der Hauptapsis hat sich der obere Teil eines Freskos erhalten. Zwei Säulen — von der rechten ist nur mehr der kuppelförmige Aufsatz des Kämpfers vorhanden — bilden den seitlichen Rahmen, oben schließt ein zweifarbiger Rundbogen, der von den Kapitellen ausgeht, das Bild ab. Auf dem roten äußeren Farbstreifen liest man in hellen Majuskeln MVNERA·FERT·XRO·QVE·MVNDO... TRAHIT ISTO, während der weiße innere Streifen nur mehr einzelne dunkle Buchstaben zeigt. Der Text stimmt mit dem Beginn der Inschrift überein, die Goswin ober dem Bild Ulrichs und Utas von Tarasp beschreibt.[57]) Die folgenden Verse waren in konzentrischen Halbkreisen im Bogenfeld gemalt und sind nur mehr in Bruchstücken erhalten. Zwischen den Schriftresten kommt am oberen Rand der Arm Gottes aus den Wolken hervor und hält dem Stifter ein Kreuz[58]) entgegen. In Kapitellhöhe trennt eine kaum kenntliche Inschriftzeile das grüne Bogenfeld von der darunterliegenden roten Zone. Das Bildnis Ulrichs, der nach Goswin als Pilger mit der Meerpalme in der Hand dargestellt war, ist leider verlorengegangen. Links erhebt Uta ihre Hände zu Gott. Das Gesicht und ein Teil des Kopfes mit Mönchskapuze sind erhalten, dann bricht auch hier die Putzschicht ab. Ein ähnliches Fresko links neben der Apsis zeigte den Bischof Adalgott von Chur, der die Krypta geweiht hatte. Der rot-gelbe Rundbogenrahmen und ein kleiner Teil des grünen Feldes sind noch vorhanden, die übrige Malschicht ist fast vollständig abgefallen. Goswin überliefert eine zugehörige Inschrift[59]), die heute verloren ist. Wie Garber festgestellt hat, knüpfen die Stifterbildnisse zu beiden Seiten der Apsis an die karolingische Tradition von St. Benedikt in Mals an.[60]) Dort ist links der geistliche und rechts der weltliche Stifter als Standfigur dargestellt. Wahrscheinlich waren der Churer Bischof und die beiden Tarasper auch stehend wiedergegeben. Da sie im Unterschied zu Mals anhand von Goswins Angaben identifiziert werden können, wiegt der Verlust zweier von den drei „Portraits“ doppelt schwer.

Gleichzeitig mit den Fresken wurde ober den Bögen der Seitenapsiden die Weiheinschrift des jeweiligen Altares angebracht. Die stark abgeriebene Malschicht an der Nordapsis läßt nur einzelne Buchstaben erkennen CVRIENSIS ECC...NDRI P(A)P(E) ET M...SC, die auf die von Goswin mitgeteilte Weiheinschrift zutreffen.[61]) An der Südapsis liegt hingegen die zweizeilige Majuskelinschrift, deren Anfang bereits vor Entfernung der Prälatengruft sichtbar war, gut erhalten vor. Nur der letzte Teil des Putzstreifens ist durch Feuchtigkeit verdorben. Sie lautet
HOC·ALTARE·DEDICATVM·E(ST)·III·IDVS·IVLII·A VENERABILI
[Adelgozo curiensis ecclesie episcopo in honore]
S(AN)C(T)OR(VM)·EP(ISCOP)OR(VM)·MARTINI·ET·NYCOLAI·C(ON)TINENT(VR)
AVTE(M)·HIC·ET·RELIQIE·S(ANCTI)·SIXTI·P(A)P(E)·S(ANCTI)·VALENTINI
[s. Eustachii m., Confessorum, Galli confessoris, sanctorum virginum, sancte Speciose virginis.][62])

Das in der Inschrift festgehaltene Tagesdatum stimmt mit dem von Goswin überlieferten Weihedatum der Krypta, 13. Juli 1160, überein.

Die Malereien an der Außenseite der Krypta liegen ebenso wie jene im Inneren auf einem älteren Verputz. Von der Nordtür bis knapp vor die Nordostkante zieht sich in Höhe der Oberkante des Rundfensters ein Ornamentband aus drei gelben Blättern mit grünem Kern zwischen gelb-rotem Rahmen. Daran hängt ein gemalter Vorhang, dessen Borte mit Perlen und Edelsteinen besetzt ist. An den 1983 neu aufgedeckten Partien im unteren Bereich läßt sich das Vorhangmuster, senkrechte Streifen in rot, grün und gelb mit schwarz aufgemalten quadratischen Ornamenten gut ablesen. Auf dem Vorhang steht rechts vom Fenster ein Mann mit rotem Barett und einem Stab in der Hand. An der Nordwand der vorspringenden Hauptapsis haben sich weitere Freskenfragmente erhalten. Unter dem nach außen schräg abwärts verlaufenden rot-weißen Rand, von dem ganz links auch ein senkrechtes Teilstück freigelegt wurde, sieht man auf rotem und grünem Streifenhintergrund drei Kugelbäume mit stilisierten grünen Blättern. Zwei Personen in langen gelben bzw. grünen Gewändern deuten mit erhobenen Händen auf einen Engel, dessen rot-weißer Flügel nunmehr deutlich zu erkennen ist. Weiter unten wurde auch ein Teil seines grünen und weißen Gewandes aufgedeckt, ebenso in der Kante zur Ostwand der übliche rot-gelbe senkrechte Rahmen, der diese Szene von der nächsten trennt. Im schmalen Abschnitt zwischen Kante und Tür ist ein Engel dargestellt, von dem Teile des linken Flügels, der Ansatz des Nimbus, ein Gewandfragment und das untere Ende des rechten Flügels am gelb-roten Bildrand hinzugewonnen worden sind. Während Rasmo[63]) eine Darstellung der Pilgerfahrt Ulrichs III. von Tarasp ins Heilige Land vermutet, denkt Müller[64]), der in den Bäumen Lampions sieht, an eine liturgische Feier. Die Fragmente des Engels stimmen weder mit der einen noch mit der anderen Interpretation überein; eine überzeugende Deutung konnte noch nicht gefunden werden.

Gleichsam als späterer Anhang ist das Nikolausfresko an der linken Seite der Südapsis zu erwähnen. Obwohl es von der Prälatengruft verdeckt war, berichten Garber und Weingartner davon, enthalten sich aber einer Datierung. Rasmo hat das Bild durch das Fenster gesehen und es der Meraner Schule des frühen 15. Jahrhunderts zugewiesen.[65]) Sein Urteil kann voll bestätigt werden. Innerhalb einer geometrischen Rahmenbordüre wirft der hl. Bischof eine goldene Kugel in die Kammer der drei Jungfrauen. Ganz rechts zeigt eine Tochter dem Vater eine andere der drei Kugeln. Am Fuß des phantasievollen Gebäudes kniet in viel kleinerem Maßstab der unbekannte Stifter. Er hat die Hände im Gebet erhoben und blickt zum Heiligen auf. Das Fresko reichte ursprünglich höher hinauf bis zu dem in der Vorzeichnung erhaltenen Abschlußrand. Vielleicht entsprach der bekannten Szene aus der Nikolauslegende auf der anderen Seite der Apsis, wo der Verputz durch Feuchtigkeit völlig zerstört war, eine Darstellung des zweiten Altarpatrones, des hl. Martin.

Maltechnik und Restaurierung

Die romanische Malerei liegt auf einem Feinputz, der Kalkmehl mit Hellglimmer als Zuschlag enthält.[66]) Er wurde in kleinen Flächen auf dem zwecks besserer Haftung mit Pickelhieben aufgerauhten originalen Mörtel sehr dünn aufgetragen und in Freskotechnik bemalt. Während in der Romanik die Arbeitsweise nach Gerüsthöhen gebräuchlicher war[67]), wobei eine Fläche von oben nach unten in regelmäßigen, dem Abstand der Rüstbretter entsprechenden Streifen verputzt und bemalt wurde, ging man in Marienberg nach Tagwerken vor. Die unterschiedlich großen Putzflächen werden als solche bezeichnet, was aber nicht als Zeit-, sondern als Arbeitseinheit zu verstehen ist. So konnten mehrere Tagwerke, z. B. die drei kleinen Flächen der gemalten Quadern am

Apsisbogen, am gleichen Tage ausgeführt werden. Mit diesen lassen sich in der Apsis bis zur Inschrift elf Tagwerke feststellen, die von oben nach unten aufgetragen wurden. Die Sockelmalerei und das Schriftband wurden hingegen ausnahmsweise von unten nach oben geschaffen. Wahrscheinlich war hier ein Mitarbeiter am Werk — der Mäander und die weißen Perlenschnüre sind ziemlich derb —, der mit der Sockeldekoration von unten begann. Am Gewölbe ist jede Kappe in drei Tagwerke unterteilt, von denen das mittlere jeweils vor dep seitlichen entstanden ist. Die Putzüberschneidungen zeigen, daß die Ost- und Westkappe vor den beiden anderen fertiggestellt wurden. An welcher Kappe die Gewölbemalerei begonnen wurde, kann nicht mehr entschieden werden, da der aneinanderstoßende Scheitel ausgebrochen ist. Die Westwand wurde in drei Tagwerken ausgeführt. Zuerst kam die rechte, dann die linke Seite der oberen, schließlich die gesamte untere Hälfte an die Reihe. Mit dem Einzelfresko an der Westwand, den Fresken neben der Apsis und den Inschriftstreifen ergibt sich eine Gesamtzahl von 33 Tagwerken. Die einzelnen Putzflächen sind nicht nur für den zeitlichen Ablauf der Arbeiten von Interesse, sie beeinflussen in hohem Maße auch die Farbqualität. Gegen Ende eines Tagwerks nahm die Bindung der Pigmente an den Feinputz, der bereits teilweise getrocknet war, ab. Starke Unterschiede in der Leuchtkraft und im Erhaltungszustand auf engem Raum, wie z. B. zwischen dem hl. Petrus und dem linken Engel, sind einzig auf den Wechsel der Tagwerke zurückzuführen.

Die fehlenden Putzritzungen beweisen, daß der Maler ohne Benützung von Kartons gearbeitet hat. Diese in der romanischen Wandmalerei allgemein verbreitete Methode läßt dem Künstler größeren Spielraum.[68]) Am Beginn des Malvorganges steht die Vorzeichnung in Gelbocker. Zuerst wurden die Streifengründe abgesetzt und die Längsachsen der Figuren gezogen. Im linken Teil der Westwand sieht man unter dem teilweise abgefallenen weißen Trennstrich zwischen Grün und Rot die gelbe Vorzeichnung. In der Mitte des „Brettchens" des südlichsten Engels und weiter oben unter dem Gewand kommt ein Teil der vorbereitenden Achsenlinie zum Vorschein. Diese Hilfslinien, die unter späterem Farbauftrag verschwanden — am linken Engel der Apsis sind auch Teile davon kenntlich —, ermöglichten dem Maler die symmetrische Komposition. Schließlich wurden auch die Figuren gelb vorgezeichnet, wie sich an abgefallenen Farbstellen, z. B. an der linken Schulter Christi und am Mantel des hl. Petrus, nachweisen läßt. Besonders gut erhalten ist die Vorzeichnung des Mannes in der Mitte des Vorhanges, da die definitive Ausführung links daneben erfolgt ist. Unter den Farben nimmt Blau die wichtigste Stellung ein. Es ist echtes Lapislazuli, aufgeriebener Lasurstein mit 10 bis 30 μ großen Körnern, und liegt auf einer Grauuntermalung, die aus Kalk und Rebschwarz gemischt ist.[69]) Sie entspricht der von Theophilus, dem Verfasser des wichtigsten, im 12. Jahrhundert geschriebenen Traktats über romanische Malerei, empfohlenen Veneda[70]), die aus Sparsamkeitsgründen, aber auch zur Erzielung einer stärkeren Leuchtkraft verwendet wurde. Die gelbe Farbe besteht aus gelbem Ocker[71]), die grüne wurde zwar nicht untersucht, dürfte aber eine grüne Erde sein. Im Mandorlakern liegt sie auf einer rötlichen Untermalung. Rot besteht zum größten Teil aus Eisenoxyd und hat eine Ähnlichkeit mit gebrannter Siena. Die helleren Rottöne sind mit Kalk, die dunkleren mit Rebschwarz gemischt.[72]) Das zarte Rot der Wolkenbänder zeigt hingegen nur Zinnober, bis etwa 40 μ groß.[73]) Auch am Nimbus des mittleren Engels der Südkappe liegt über dem Eisenoxydrot eine dünne Schicht aus feinem Zinnober.[74]) Vom Inkarnat liegen keine Laboruntersuchungen vor, es dürfte aber mit großer Wahrscheinlichkeit eine Mischung von Ocker und Kalk sein. Die Wangenröte, besonders gut erhalten am Mittelengel der Südkappe, bei anderen hingegen nachgedunkelt, dürfte wiederum nach den Anweisungen des Theophilus[75]) in Zinnober aufgetragen sein. Die für die italienische Malerei der Romanik und des Trecento charakteristische Grünuntermalung des Inkarnats[76]) fehlt.

Den Umrissen der Vorzeichnung entsprechend wurden Gewänder, Flügel, Haare und Inkarnat in der jeweiligen Lokalfarbe ausgemalt, dann naß in naß die dunkle Binnenzeichnung der Haarsträhnen, Flügelfedern, Brauen, Nasen usw. und die weißen Lichter auf Gewändern, Gesichtern, Händen und Füßen angesetzt. An manchen Gewandpartien wurde Blau als Licht, an anderen als Schatten verwendet. Die am Schluß in secco aufgetragene Augenfarbe und Wangenröte hat sich nur vereinzelt erhalten.

Während die farbigen Grundflächen nicht sehr sorgfältig und mit breitem Pinselstrich gemalt sind, erweist sich an den Wolkenbändern der Grate und vor allem an den Figuren die Kunst des Meisters. Die Binnenzeichnung der Haare und Flügel sowie das Licht- und Schattenspiel der Gewänder ist an den nicht übertünchten Figuren besonders gut erhalten. Die graphische Feinheit des Pinsels kommt in den Trennlinien, den hauchzarten Haar- und Flügelbändern sowie den Bortenornamenten der Textilien am besten zum Ausdruck.

Im Sommer 1887 ließ Abt Leo Maria Treuinfels, vielleicht ermuntert durch die Lektüre Goswins, in der Krypta die barocke Tünche entfernen und stieß dabei auf die romanischen Fresken.[77]) Die Mitteilungen der k. k. Central-Commission als führende Zeitschrift für Denkmalpflege in der Donaumonarchie veröffentlichten den bedeutsamen Fund noch im selben Jahr. Im nächsten Jahrgang schreibt Karl Atz, daß die Bloßlegung „mit Eifer und Geschick fortgesetzt wird".[78]) Gemessen an heutigen Maßstäben wurde damals allerdings recht unbekümmert und dilettantisch gearbeitet. Die zahlreichen Hammerschläge, die durch die Tünche in die Malschicht drangen, hätten bei vorsichtigerer Arbeitsweise vermieden werden können. Auch die Freilegung mittels Leinwand, die auf der Kalktünche aufgeklebt und mit dieser dann abgerissen wurde, erwies sich als nicht geeignet, da Rückstände aus Kalk und Kleister auf der Malschicht verblieben.[79])

Im Auftrag des Staatsdenkmalamtes in Trient nahm Tullio Brizi 1927 eine Restaurierung der Fresken vor. Er festigte den Feinputz, der stellenweise vom Untergrund abzufallen drohte, schloß einige Sprünge und klebte aufgeworfene Teile der Malschicht wieder an. Daraufhin entfernte er noch vorhandene Reste der Kalktünche und färbte kleinere Fehlstellen in neutralen Farbtönen ein.[80]) Dabei ging Brizi manchmal etwas zu weit und ergänzte auch dort, wo man heute die Fehlstelle belassen würde. Im übrigen ist die Restaurierung als gelungen zu bezeichnen.

Nach Entfernung der Grüfte im April 1980 erwies sich die Konsolidierung des teilweise abbröckelnden Feinputzes als vordringlichste Aufgabe. Feuchtigkeit hatte besonders dem nördlichen Teil der Westwand stark zugesetzt. Das Landesdenkmalamt Bozen beauftragte unverzüglich Peter Chiusole mit ersten Sicherungsmaßnahmen. Innerhalb eines Tages festigte er an den gefährdetsten Stellen die Putzränder mit Kalkmörtel. Erst ab September konnte Hubert Mayr im Auftrag des Landesdenkmalamtes Bozen die Konservierungsarbeiten systematisch weiterführen. Nach ersten Versuchen den Putz mit Kasein zu festigen und hohle Putztaschen mit einem Kasein-Sand-Gemisch zu hinterfüllen, entschied man sich für Präparate auf anorganischer Basis. Wo die Farbschicht bereits abgefallen war, wurde Keim Fixativ mit dem Pinsel aufgetragen; in Hohlstellen wurde es mittels Injektionen eingebracht. Die Festigung der bemalten Putzschicht erfolgte hingegen, indem mit Monumentique Silikatester gepinselt und geflutet wurde. Die im Sommer 1981 wiederholten Behandlungen erzielten gute Ergebnisse. Die gefährdetsten Bereiche an der Westwand, der nördliche Bischof und das Einzelfresko, sind heute gefestigt. Da dort aber aus dem anstoßenden Gelände neue Feuchtigkeit eindringen kann, werden auch in Zukunft regelmäßige Kontrollen und eventuelle Konservierungsmaßnahmen notwendig sein. Im Anschluß an die Festigung wurden die zahlreichen Kalk- und Mörtelspritzer, die bei Errichtung der Gruftwände die Fresken beschmutzt hatten, entfernt. Größere Fehlstellen im Putz besserte man mit reinem Kalkmörtel aus, der ungefärbt und leicht gerauht unter dem Niveau der Malschicht liegt. Fehlstellen in der Farbschicht blieben mit Absicht unbehandelt. Das Landesdenkmalamt legte größten Wert darauf, daß am gesamten Freskenbestand keine einzige auch noch so kleine farbliche Ergänzung angebracht wurde. Nur Festigung und Reinigung bestimmen daher den heutigen Zustand.

Der stark zerstörte Originalputz der nicht bemalten Wand- und Gewölbeflächen wurde mit Kalkmörtel auf gleichem Niveau ergänzt und in der Farbe den ursprünglich erhaltenen Teilen angepaßt. Weiters entfernte man die grellweiße barocke Tünche, die im Norden und Süden noch Teile der Krypta bedeckt hatte. Darunter kam der leicht vergilbte Kalkanstrich der Erstausstattung zum Vorschein.

1981 wurde schließlich auch die Apsiszone einer Restaurierung unterzogen. Stellenweise wurde der Putz mit Monumentique Silikatester gefestigt, anschließend die Schmutzschicht und ein leichter Kalkschleier auf den Fresken entfernt. Die wiedergewonnene Farbigkeit hat den Unterschied zwischen dem Altbestand und den neu entdeckten Fresken vermindert. Außerdem nahm der Restaurator den Mörtel ab, der den unteren Rand der Freskenschicht überlagerte. Ein Teil des aufgerauhten Originalputzes wurde dabei wieder sichtbar. Auch unter den Fresken seitlich der Apsis wurde der barocke Mörtel entfernt. Auf eine Ergänzung des abgefallenen Originalputzes wurde verzichtet, da die freiliegenden Schichten, Bruchsteinmauerwerk, getünchter Verputz der Erstausstattung und Feinputz der Fresken den Aufbau instruktiv vor Augen führen. Die z. T. abgefallene Originaltünche in der Nordapsis mit dem ausgesparten Altarumriß wurde nicht ergänzt. Schließlich erfolgte die Festigung und Reinigung des gotischen Freskos in der Südapsis, deren restlicher, größtenteils zerstörter Putz erneuert wurde.

Am 20. März 1982 wurde der in der Hauptapsis neu errichtete Altar durch Bischof Joseph Gargitter von Bozen-Brixen feierlich geweiht.

In äußerst langwieriger Arbeit wurde 1983 teils mit dem Skalpell, teils mit dem Airbrasive-Gerät der dünne, aber beinharte Kalkschleier auf den Malereien in der Leibung des Apsisfensters entfernt. Anschließend hat der Restaurator die Außenfresken gereinigt, gefestigt und durch Neuaufdeckung um einige Fragmente bereichert.

Datierung, Herkunft und Bedeutung

Die meisten älteren Autoren nehmen an, daß die Fresken anläßlich der Weihe der Krypta im Jahre 1160 entstanden sind. Demus weist hingegen auf den nicht bindenden Charakter dieses Datums hin und schlägt als Entstehungszeit 1160 bis 1170 vor.[81]) Noch später, um die Mitte der achtziger Jahre des 12. Jahrhunderts, werden sie 1971 von Rasmo angesetzt.[82]) Er begründet die neue Datierung — 1963 hielt er noch am traditionellen Datum 1160 fest — mit der Entdeckung der älteren Dekorationsmalereien, stilistischen Kriterien und der bis zum Ende des Jahrhunderts andauernden Nachwirkung der Fresken. Der zeitliche Abstand zwischen den beiden Malschichten kann zwar nicht genau bestimmt, allein die Entstehung der Fresken nach 1160 nicht mehr geleugnet werden.

Da stilistische Vergleichsmöglichkeiten fehlen, müssen andere Datierungshilfen beigezogen werden. Einen Anhaltspunkt stellt der romanische Freskenzyklus in der Klosterkirche St. Johann in Müstair dar, dessen Abhängigkeit von den Malereien im nahe gelegenen Marienberg außer Zweifel steht. Auch dort gibt es aber keine absolute Chronologie. Brenk[83]), der die Marienberger Fresken ins Weihejahr 1160 datiert, schlägt für Müstair den Zeitraum von 1157 bis 1170 vor. Demus[84]) nennt hingegen, seinem späteren Ansatz von Marienberg entsprechend, die sechziger und siebziger Jahre als Entstehungszeit.

Im Zusammenhang mit der Datierungsfrage verdient der Tod des Klostergründers Ulrich III. von Tarasp im Jahre 1177 Beachtung. Die prächtige Ausmalung der Krypta reiht sich zwanglos in die zahlreichen kirchlichen Kunstwerke ein, die Ulrich und Uta nach Marienberg gestiftet haben.[85]) Deren Stifterbildnisse befanden sich nach Goswin[86]) auf einem Fastentuch und auf einer Stola, von denen letztere heute noch im Kloster erhalten ist und tatsächlich die erwähnten Bilder zeigt. Die gemalte Darstellung beider Ehegatten rechts neben der Hauptapsis steht in der gleichen Tradition und spricht für eine Entstehung zu Lebzeiten Ulrichs. Sein Bemühen, auch bildlich in dem von ihm gegründeten und großzügig geförderten Kloster weiterzuleben, wird verständlich, wenn man bedenkt, daß sein Sohn Ulrich IV. bereits vor ihm in Marienberg eingetreten war, und er selbst als Letzter seines Geschlechtes sein Leben dort beschloß. Die bewußte Bildpflege läßt eine Datierung nach 1177 wenig wahrscheinlich erscheinen, um so mehr als 1180/81 Abt Volger, der letzte der ersten fünf Äbte von Marienberg, die aus Ottobeuren stammten, starb.[87]) Beinahe alle Autoren schließen sich nämlich der von Atz erstmals geäußerten Vermutung an, der unbekannte Maler sei aus Ottobeuren, dem Mutterkloster von Marienberg, gekommen.[88]) Die außergewöhnlich hohe Qualität der Fresken sowie ihr völlig überraschendes und isoliertes Auftreten in Südtirol weisen tatsächlich auf einen Import hin. Als Ausgangspunkt kommt vor allem Ottobeuren in Frage; nicht nur wegen der engen Bindungen zum Mutterkloster während der Regierungszeit der ersten fünf Äbte, sondern auch aufgrund der Beziehungen Ulrichs III. zu den Vögten von Ottobeuren, den Grafen von Ronsberg.

Garber sieht stilistische und ikonographische Ähnlichkeiten in den Fresken der Friedhofskapelle von Perschen bei Nabburg in der Oberpfalz.[89]) Sie stehen im Banne der stark byzantinisch geprägten Regensburger Malerei und werden von einem architektonischen Rahmengerüst gegliedert. In Marienberg trifft weder das eine noch das andere zu.

Für Morassi[90]) ist an der Herkunft aus Ottobeuren nicht der nordische Stil, sondern die benediktinische Tradition ausschlaggebend. Er reiht Marienberg in die romanische Wandmalerei der Benediktiner ein, die mit geringen Abweichungen in S. Angelo in Formis sowie in S. Maria in Foroclaudio zum Ausdruck kommt und letztlich auf byzantinische Vorbilder zurückgeht. Den Meister von Marienberg bezeichnet er als Lombarden oder aus der lombardischen Schule hervorgehend. Ein überregionaler „Benediktiner-Stil" in der romanischen Wandmalerei wird heute entschieden abgelehnt.[91]) Mit den Fresken von S. Angelo in Formis, die unter unmittelbarem byzantinischen Einfluß entstanden sind, haben jene von Marienberg nur so viel gemeinsam wie mit jeder romanischen Malerei. Die ihrer Herkunft nach byzantinischen Elemente der Ikonographie wurden hier in neue, rein westliche Formen umgeschmolzen, die aus dem Norden ins Alpengebiet gekommen sind.[92]) Völlig unbegründet und unhaltbar ist die Zuweisung in die Lombardei, da sich dort, wie überhaupt im Süden der Alpen, kein Vergleichsbeispiel anbietet. Auch die Majestas Domini in S. Giorgio Valpolicella bei Verona, die vor kurzem als südliche Spielart der Marienberger Formensprache bezeichnet worden ist[93]), kann als durch und durch byzantinisch beeinflußtes Werk mit Marienberg nicht in Verbindung gebracht werden.

Anthony[94]) schließt sich dem Urteil Morassis an und weist die Fresken ebenfalls einem allgemeinen „Benediktiner-Stil" zu, der sich von Unteritalien und Rom über Europa ausgebreitet hat. Er sieht Ähnlichkeiten mit S. Angelo in Formis, Foroclaudio, Nepi, Berzé-la-Ville, Perschen, Knechtsteden und S. Miguel de Angulasters, gesteht ihnen aber eine eigene Individualität zu.

Egg hebt eine starke Verwandtschaft der Marienberger Fresken mit dem Perikopenbuch von Stift Nonnberg und dem Antiphonar aus St. Peter in Salzburg hervor.[95]) Abgesehen vom allgemeinen romanischen Formenvokabular kann man aber, wie Georg Swarzenski für die Admonter Bibel festgestellt hat[96]), zwischen Marienberg und der Salzburger Buchmalerei keine Beziehungen nachweisen. Im Anschluß an Regensburg orientiert sie sich in hohem Maße an byzantinischen Vorbildern, während hier eine westlich geprägte Romanik zum Ausdruck kommt. Egg weist ferner darauf hin, daß der Verkündigungsengel in einem Evangeliar aus dem Kloster Gengenbach in Südbaden (Württembergische Landesbibliothek Stuttgart Cod. bibl. fol. 28) Ähnlichkeiten mit den Marienberger Engeln zeigt. Tatsächlich läßt nicht nur diese Miniatur (fol. 81 v), sondern auch das Himmelfahrtsbild (fol. 74 v) in der Gewanddrapierung und in der Fahne Christi ikonographische Übereinstimmungen mit den Kryptafresken erkennen. Die dekorativen Haarbänder der Engel (fol. 73 v und 74 v) sowie die mit dem Kreuz segnende Hand Gottes auf fol. 120 stehen den Marienberger Malereien ebenfalls sehr nahe. Als weiterer Hinweis auf die Herkunft aus dem südwestdeutschen Raum sind die formalen Ähnlichkeiten von großem Interesse, wenn auch die Miniaturen nicht die Ausdrucksstärke der Fresken erreichen.

Zur Herkunft aus Ottobeuren bemerkt Demus, daß der erhaltene Handschriftenbestand dieses Klosters keinen bindenden Schluß zulasse, und daß in der Formensprache von Marienberg im allgemeinen das Nordwestliche überwiege.[97]) Hermann Fillitz greift noch weiter aus. Er schreibt: „Die romanischen Fresken in Müstair und in Südtirol verdanken die entscheidenden Anregungen einem Meister, der selbst wahrscheinlich englische Arbeiten, am ehesten Miniaturen, gekannt hat und dies durch den Stil seiner Fresken in der Krypta des Klosters Marienberg ober Burgeis zu erkennen gibt.“[98]) Der betont lineare Stil zeitgenössischer Malereien in England und im Rheinland, vor allem der Fresken in der Anselmskapelle der Kathedrale von Canterbury und in der Unterkirche von Schwarzrheindorf, kennzeichnet auch die Marienberger Fresken. Nähere Übereinstimmungen lassen sich im Majestasbild der Handschrift Ms CLXV in der Leipziger Stadtbibliothek, die von Boeckler als Kölner Arbeit in die zwanziger Jahre des 12. Jahrhunderts datiert wird[99]), erkennen. Das in der Mitte gescheitelte Haar, das zu beiden Seiten auf die Schultern fällt und in regelmäßigen Abständen eingeschnürt ist, sowie die tröpfchenförmigen Ohren finden sich auch am Christusbild in Marienberg. Die breiten Gemmenborten am Gewand Christi, die Boeckler als besonders beliebtes Motiv einer Handschriftengruppe der Kölner Buchmalerei bezeichnet[100]), treten in graphisch reduzierter Form an der Kleidung einiger Engel von Marienberg auf. Schließlich zeigt die Miniatur trotz wesentlicher Unterschiede — Thronsitz statt Segmentbogen, waagrecht ausgreifende Hände statt Segenshand und Buch — in ihrem linearen Grundcharakter auch allgemein stilistische Verwandtschaft mit Marienberg. Im Hinblick auf die Möglichkeit einer Vermittlung ist zu erwähnen, daß Ulrich III. für Marienberg Reliquien aus Köln kommen ließ.[101]) Unabhängig davon weilte Abt Isingrim von Ottobeuren 1167 persönlich in Köln, um Reliquien in Empfang zu nehmen.[102]) Da wenig später, 1170 bis 1180, die Ottobeurer Buchmalerei ihren Höhepunkt erreicht, wäre es denkbar, daß der Abt außer den Reliquien auch Handschriften mitgebracht hat, die dem aufblühenden Skriptorium in Ottobeuren Anregungen der Kölner Buchmalerei vermittelt haben könnten. Auf eine Verbindung zwischen der Ottobeurer Malschule und den Fresken in Marienberg könnte eine ikonographische Sonderform hinweisen. Fol. 10 v des um 1215 im Kloster Weingarten entstandenen Berthold Missale zeigt an den Flügeln des Johannesadlers und Matthäusengels die gekreuzten Bänder, wie sie der Marienberger Meister an allen Flügeln malt. Da nach Hanns Swarzenski[103]) die Ottobeurer Buchmalerei unter Abt Isingrim (1145—1180) das Berthold Missale beeinflußt hat, wäre es durchaus möglich, daß dieses unverwechselbare Motiv, das meines Wissens an anderen Werken der Buch- und Wandmalerei nicht auftritt, auf eine Ottobeurer Handschrift zurückgeht und von dort sowohl ins Missale als auch in Marienberg Eingang gefunden hat. Während Rasmo[56a]) die Herkunft des Künstlers aus Deutschland für gesichert hält, verweist Spada[103a]) auf die Ähnlichkeit mit französischen Skulpturen des 12. Jahrhunderts.

Ein entscheidendes Vorbild für Marienberg stellt die Apsismalerei von St. Peter und Paul in Niederzell dar. Atz[104]) weist erstmals auf Ähnlichkeiten mit den im Jahre 1900 entdeckten Fresken hin, Garber[105]) leitet die Marienberger Streifengründe von der Reichenau ab und Schrade[106]) betont die Verwandtschaft der beiden Majestas-Domini-Kompositionen. Nach der mustergültigen Veröffentlichung von Hecht[107]) besteht kein Zweifel, daß sowohl der farbige Streifengrund mit den beiden sphärischen Dreiecken als auch der Aufbau der Majestas mit zwei Cherubim und den Apostelfürsten unmittelbar auf Marienberg eingewirkt haben. Nähere stilistische Vergleiche läßt der prekäre Erhaltungszustand der Fresken in Niederzell leider nicht zu.

Konsequente Abstraktion naturalistischer Formelemente und vollendete Entmaterialisierung der Figuren charakterisieren die Marienberger Fresken. Fläche, Farbe und Linie dominieren die vorgegebene Raumsituation, ohne illusionistische oder perspektivische Werte anzustreben. Demus bezeichnete die Majestas von Marienberg als „eine der großartigsten und farblich interessantesten Fassungen dieses Themas".[108]) Um so mehr kommt der vollständigen Ausmalung, deren einzigartige künstlerische Feinheit nun wieder sichtbar ist, ein erstrangiger Platz unter den europäischen Wandmalereien der Romanik zu. Der bis zu den letzten, in secco gemalten Farbaufträgen außergewöhnlich gute Erhaltungszustand stellt im deutschen Sprachraum, dessen romanische Malereien durch Übertünchung, unsachgemäße Freilegung und verfälschende Restaurierung besonders gelitten haben, eine seltene Ausnahme dar, die nur mit den Lambacher Fresken verglichen werden kann.

Das großartige Werk beeinflußte in nachhaltigster Weise die Entwicklung der romanischen Wandmalerei im westlichen Südtirol. Von den Kryptafresken — ein weiteres Werk des Meisters wurde bisher nicht aufgefunden — nimmt die Vinschgauer Malschule ihren Ausgang. Die Maler von Müstair, St. Nikolaus in Burgeis, St. Jakob in Grissian, der Burgkapelle in Hocheppan und St. Margareth in Lana stehen unter dem Einfluß der überragenden Künstlerpersönlichkeit des Marienberger Meisters, auch wenn in zunehmendem Maße neue, byzantinische Anregungen, die aus dem Südosten kommen, eingearbeitet werden. Sogar kleinste formale Eigentümlichkeiten des Meisters wie die Lappen zwischen den Farbzonen und die Kreuzbänder an den Flügeln werden weitergeführt.

Der Meister von Marienberg leitet die durch Jahrhunderte andauernde Ausstrahlung schwäbischer Kunst in das westliche Tirol ein, deren Impulse bereitwillig aufgegriffen und weiterverarbeitet wurden. Das Eisack- und Pustertal standen hingegen bereits damals im Einflußbereich der stärker nach Byzanz ausgerichteten Kunstzentren Salzburg und Venedig-Aquileia.

Die geringe Höhe der Krypta ließ die Malerei nicht nur in geistige, sondern auch in räumliche Nähe zu den Mönchen treten, die dort die Liturgie feierten. In der gegenseitigen Ergänzung von Bild und Gottesdienst liegt der volle Sinngehalt der Fresken. Das großartige Idealbild benediktinischen Mönchtums steht richtungweisend am Beginn des Klosters Marienberg. Die von Abt Leo Maria Treuinfels 1887/88 begonnene und von Abt Stephan Pamer 1980/81 zu Ende geführte Wiederherstellung der Krypta hat dem Kloster ein zeitloses Vorbild, der Öffentlichkeit das bedeutendste Denkmal romanischer Wandmalerei in Tirol geschenkt.

ANMERKUNGEN

Die in der Bibliographie angeführten Werke werden nur mit Autor und Erscheinungsjahr, alle anderen vollständig zitiert.

1) Goswin 1880, S. 61
2) Zur Geschichte dieses Geschlechtes vgl. die ausführliche Arbeit von Müller 1980
3) Goswin 1880, S. 49
4) Tiroler Urkundenbuch I. Abt. bearbeitet von Franz Huter, I. Bd., Innsbruck 1937, Nr. 239
5) Müller 1980, S. 86
6) Goswin 1880, S. 61, „Et pro inchoacione monasterii criptam iniciatam compleverunt"
7) Goswin 1880, S. 82 bzw. S. 61 und S. 94
8) Müller 1980, S. 102
9) Das Tiroler Urkundenbuch (s. Anm. 4) weist unter Nr. 272 das Jahr 1160 als Weihedatum aus.
10) Rolf Wallrath, Zur Bedeutung der mittelalterlichen Krypta. In: Beiträge zur Kunst des Mittelalters, Berlin 1950, S. 63
11) H. E. Kubach, Architektur der Romanik, Stuttgart-Mailand 1974, S. 98, bemerkt, daß über Zweck und Nutzung der hochmittelalterlichen Krypta allgemein wenig bekannt ist.
12) Morassi 1928, S. 137
13) Goswin 1880, S. 96, 97
14) Goswin 1880, S. 98
15) Diarium R.[mi] D[ni] D Jacobi Abbatis Montis Sanctae Mariae ab anno Millesimo Sexcentesimo Quadragesimo, Handschrift im Archiv von Marienberg. Sign. SK. A. 10. Für den wertvollen Hinweis danke ich dem Stiftsarchivar P. Josef Joos OSB.
16) Rolf Wallrath, Zur Entwicklungsgeschichte der Krypta. In: 22. Jahrbuch des Kölnischen Geschichtsvereins, S. 291
17) Rasmo 1971, S. 44 ff., 239
18) Goswin 1880, S. 60/61
19) Brief vom 14. 6. 1927, Archiv des Landesdenkmalamtes Bozen
20) Rasmo 1971, S. 46. Auch in der Krypta des Domes von Aquileia liegen die romanischen Fresken auf älteren Dekorationsmalereien, vgl. Demus 1968, S. 128.
21) Der Kalkputz mit der roten Fugenmalerei überlagert an einer Stelle die rot nachgezogenen Stoßfugen. Die beiden Schichten gehören aber nicht verschiedenen Zeiten an, sondern sind als Phasen eines einheitlichen Arbeitsvorganges zu werten.
21a) Leider bei der Verglasung des Fensters zerstört.
22) Louis Hertig, Entwicklungsgeschichte der Krypta in der Schweiz, Biel 1958, S. 73
23) Müller 1980, S. 102
24) Rasmo 1979, S. 136
25) Sandro Chierici, La Lombardia, volume I di Italia Romanica, Milano 1978, ein allgemeiner Überblick über die romanische Architektur in der Lombardei, erwähnt kein einziges Beispiel einer solchen Apsisform.
26) Müller 1980, S. 103
27) Für den Hinweis auf Müstair, Mistail und S. Vittore danke ich Herrn Oskar Emmenegger.
28) Atz 1889, S. 143, interpretiert den Mäander als „ornamental behandelten Steinverband". Auch Borrmann 1897 zeigt auf Tafel [59] einen gemalten Quaderverband im Ausschnitt. Vielleicht befand sich damals tatsächlich ein solcher unterhalb des Mäanders.
29) Hubert Schrade, Vor- und Frühromanische Malerei, Köln 1958, S. 213
30) Garber 1928, S. 24
31) Schrade 1963, S. 17
32) Gertrud Schiller, Ikonographie der christlichen Kunst Bd. 3, Gütersloh 1971, S. 233
33) Apk. 4, 3
34) Atz 1889, S. 143, stellt den Bart fest, während Morassi 1928, S. 138, seine Existenz leugnet. Aus der Nähe besteht kein Zweifel am Bart.
35) Hes. 1, 5—25
36) Apk. 4, 6
37) Schiller (s. Anm. 32), S. 184 ff.
38) Lexikon der christlichen Ikonographie 3. Bd., Rom-Freiburg-Basel-Wien 1971, Sp. 140/41
39) Clemen 1916, S. 259
40) Atz 1889, S. 143
41) Sie enthielt menschliche Gebeine und war mit derben Stuckfragmenten aus der Zeit des Umbaues der Stiftskirche vermauert.
42) Abb. in Reallexikon zur Deutschen Kunstgeschichte Bd. V, Stuttgart 1967, Sp. 359
43) G. Schiller (s. Anm. 32), S. 245
44) Jes. 6, 2
45) Goswin 1880, S. 94, nennt in der Weiheinschrift des Hauptaltares in der Krypta mehrere Reliquien von Märtyrern.
46) Demus 1968, S. 25
47) Erik Peterson, Himmlische und irdische Liturgie. In: Benediktinische Monatsschrift XVI (1934), S. 44
48) Regula S. Patris Benedicti cum declarationibus et constitutionibus congregationis angliae monachorum nigrorum Sancti Benedicti a S. Sede approbatis: subiunguntur directorium et formularium, Stanbrook 1909, S. 44
49) E. Peterson, Il libro degli angeli, Roma 1946 (dt. Originaltitel: Das Buch von den Engeln, Leipzig 1935), S. 54
50) Ps. 138, 1
51) Demus 1968, Taf. 236
52) Demus 1968, Taf. 189
53) Demus 1968, Taf. 208
54) H. Schrade (s. Anm. 29), Taf. 87 b
55) S. Chierici (s. Anm. 25), Abb. 77
56) André Grabar — Carl Nordenfalk, La peinture romane, Genève 1958, S. 46
56a) Rasmo 1985 (Kalendertext)

[56b]) Frdl. Hinweis von Abt Bruno Trauner OSB
[57]) Goswin 1880, S. 61
Munera fert Christo, que mundo subtrahit isto
Domnus Ulricus divino flamine tactus
Ad templi cultum studet hic impendere multum,
Et cum devota Christo benedicitur Uta;
In domini templo tua munera ferre memento!
Fecit Udalricum dantem sibi Christus amicum,
Nomine celesti donantes dextera Christi
In celis signet ac sibi consociet.
Huic operi dona donant Ulricus et Uta.
Ut deus hisque pia sucurrat virgo Maria!
Über die Inschriften in der Krypta vgl. Müller 1979, S. 235 ff.
[58]) Morassi 1928, S. 137 sieht eine Fahne mit Kreuz.
[59]) Goswin 1880, S. 61 Presul Adelgosus ad cuncta decencia promptus consecrat hanc criptam divinis usibus aptam
[60]) Garber 1928, S. 60
[61]) Goswin 1880, S. 94 In hoc altari III. idus Julii consecrato vel dedicato a venerabili Adelgozo curiensis ecclesie episcopo in honore s. Marie Magdalene. Continentur reliquie sancti Stephani prothomartiris, sancti Alexandri pape et m., sanctorum primi et Feliciani m., s. Valerii ep. et confessoris, sanctorum XI milium virginum.
[62]) Ergänzt nach Goswin 1880, S. 95
[63]) Rasmo 1971, S. 44
[64]) Müller 1980, S. 104
[65]) Nicolò Rasmo, Scoperte e restauri nella chiesa di S. Giovanni a Prato (Venosta). In: Cultura Atesina — Kultur des Etschlandes III (1949), S. 83, Anm. 9
[66]) Laboruntersuchung ETH Zürich, briefliche Mitteilung vom 29. 9. 1980. Die Probe wurde am Gewölbe entnommen.
[67]) Paolo et Laura Mora et Paul Philippot, La conservation des peintures murales, Bologna 1977, S. 144
[68]) Mora — Philippot (s. Anm. 67), S. 145. Hecht 1979, S. 248 berichtet, daß auch auf der Reichenau Putzritzungen fehlen.
[69]) Eine Probe aus dem Gewölbe zeigte nur weißen Grundanstrich, eine andere aus dem Apsisfenster Grauuntermalung.
[70]) Mora — Philippot (s. Anm. 67), S. 142 zitiert aus dem 15. Kap. des 1. Buches von De diversis artibus des Theophilus.
[71]) Laboruntersuchung ETH Zürich, briefliche Mitteilung vom 4. 11. 1981
[72]) idem, die Proben für Hell- und Dunkelrot wurden der Fensterleibung entnommen.
[73]) Laboruntersuchung ETH Zürich, briefliche Mitteilung vom 29. 9. 1980
[74]) Laboruntersuchung ETH Zürich, briefliche Mitteilung vom 4. 11. 1981
[75]) Hecht 1979, S. 248, Anm. 8
[76]) Mora — Philippot (s. Anm. 67), S. 147
[77]) Nach Atz 1909, S. 346 hat der Abt mit eigener Hand die meisten Stellen von der Tünche befreit.
[78]) Atz 1888, S. 37
[79]) Brizi berichtet davon in einem Brief an das Staatsdenkmalamt in Trient vom 28. 5. 1927 (Archiv des Landesdenkmalamtes Bozen).
[80]) Morassi 1928, S. 138, Anm. 1
[81]) Demus 1968, S. 129
[82]) Rasmo 1971, S. 46
[83]) Brenk 1963, S. 61
[84]) Demus 1968, S. 130
[85]) Vgl. Iso Müller, Die Tarasper Freiherren als Förderer der Kunst. In:Zeitschrift für Schweizerische Archäologie und Kunstgeschichte Bd. 36 (1979), S. 44 ff.
[86]) Goswin 1880, S. 62
[87]) Müller 1980, S. 119
[88]) Atz 1889, S. 144
[89]) Garber 1928, S. 60
[90]) Morassi 1928, S. 141/142
[91]) Vgl. Demus 1968, S. 48
[92]) Demus 1968, S. 129 bezeichnet das Marienberger Majestasfresko im Südalpengebiet als etwas Außerordentliches.
[93]) Maria Teresa Cuppini im Ausstellungskatalog „Pitture murali restaurate“, Verona 1978, S. 19
[94]) Anthony 1951, S. 111
[95]) Egg 1962, S. 142. Teilweise wörtlich wiederholt von Schickling 1964, S. 68 — Für die Fotografien der Gengenbacher Miniaturen danke ich Hofrat Dr. Erich Egg.
[96]) Georg Swarzenski, Die Salzburger Malerei von den ersten Anfängen bis zur Blütezeit des romanischen Stils, 2. Aufl. Stuttgart 1969, S. 75, Anm. 4
[97]) Demus 1968, S. 130
[98]) Fillitz 1969, S. 100
[99]) Albert Boeckler, Beiträge zur romanischen Kölner Buchmalerei. In: Mittelalterliche Handschriften, Festgabe zum 60. Geburtstage von Hermann Degering, Leipzig 1926, S. 23
[100]) idem
[101]) Müller 1980, S. 129
[102]) Hansmartin Schwarzmaier, Gründungs- und Frühgeschichte der Abtei Ottobeuren. In: Ottobeuren — Festschrift zur 1200-Jahr-Feier der Abtei, herausgegeben von Aegidius Kolb OSB und Hermann Tüchle, Augsburg 1964, S. 3
[103]) Hanns Swarzenski, The Berthold Missal and the scriptorium of Weingarten abbey, New York 1943, S. 39
[103a]) Spada 1984, S. 434
[104]) Atz 1909, S. 347
[105]) Garber 1928, S. 24
[106]) Schrade 1963, S. 75
[107]) Hecht 1979, S. 187 ff.
[108]) Demus 1968, S. 129

BIBLIOGRAPHIE

1880
Chronik des Stiftes Marienberg verfaßt von P. Goswin, herausgegeben von P. Basilius Schwitzer, Innsbruck

1887
Mitteilungen der k. k. Central-Commission XIII. Jg. N. F. Wien, S. CCXXVII

1888
Karl Atz, Über verschiedene Kunstdenkmale Tyrols. In: Mitt. der k. k. Central-Commission XIV. Jg. N. F. Wien, S. 37

1889
Paul Clemen, Beiträge zur Kenntnis älterer Wandmalereien in Tyrol. In: Mitt. der k. k. Central-Commission XV. Jg. N. F. Wien, S. 85 ff.
Karl Atz, Die entdeckten Wandmalereien in der romanischen Krypta zu Marienberg im Vintschgau. In: Mitt. der k. k. Central-Commission XV. Jg. N. F. Wien, S. 141 ff.

1893
Karl Atz, Stift Marienberg im Vintschgau. In: Repertorium für Kunstwissenschaft 16. Jg., S. 125 ff.

1897
Aufnahmen mittelalterlicher Wand- und Deckenmalereien in Deutschland, herausgegeben von Richard Borrmann, 1. Band, Berlin, Taf. [59.]

1909
Karl Atz, Kunstgeschichte von Tirol und Vorarlberg, 2. Aufl., Innsbruck, S. 343 ff.

1916
Paul Clemen, Die romanische Monumentalmalerei in den Rheinlanden, Düsseldorf, S. 259

1928
Josef Garber, Die romanischen Wandgemälde Tirols, Wien, S. 56 ff.
Antonio Morassi, Gli affreschi romanici a Monte Maria di Burgusio. In: Art Studies 6, S. 135 ff.

1930
Josef Weingartner, Die Kunstdenkmäler des Etschlandes, IV. Band, Wien, S. 409 ff. (6. Auflage 1977)

1934
Antonio Morassi, Storia della pittura nella Venezia Tridentina, Roma, S. 62 ff.

1937
Karl Ginhart, Die bildende Kunst in Österreich, Band III, Baden, S. 124

1942
Remigio Marini, Gli affreschi romanici di Montemaria di Burgusio. In: Atesia Augusta Nov./Dic., S. 15 ff.

1951
Edgar Waterman Anthony, Romanesque Frescoes, Princeton, S. 46, 110 ff.

1954
Franz Huter, Marienberg. In: Der Schlern Jg. 28, S. 51

1959
Bernhard Noll, Marienberg — Monte Maria. Schnell Künstführer Nr. 692, München-Zürich (8. Auflage 1979)

1960
Walter Frodl, Kunst in Südtirol, München, S. 22, 46

1962
Erich Egg, Von Augsburg nach Verona, Innsbruck-Wien-München, S. 90
Erich Egg, Romanische Fresken in der Krypta von Marienberg. In: Stifte und Klöster, Jahrbuch des Südtiroler Kulturinstitutes, Band II, Bozen, S. 137 ff.
Ferdinando Bologna, La pittura italiana delle origini, Roma, S. 62 ff.

1963
Nicolò Rasmo, Romanische Malerei in Südtirol, Kalender der Sparkasse der Provinz Bozen
Hubert Schrade, Die romanische Malerei, Köln, S. 75 ff.
Beat Brenk, Die romanische Wandmalerei in der Schweiz, Basler Studien zur Kunstgeschichte, herausgegeben von Joseph Gantner N. F. Bd. V., Bern, S. 43

1964
Giovanni Lorenzoni, Il Romanico. In: L'arte nel Medioevo, Milano, S. 79
Ingeborg Schickling, Die Gründung des Klosters Marienberg. In: Ottobeuren — Schicksal einer schwäbischen Reichsabtei, herausgegeben im Auftrag der Abtei Ottobeuren von Aegidius Kolb OSB, Augsburg, S. 67 ff.

1966
Anton Graf Bossi Fedrigotti, Vinschgau, Bozen, S. 94
Walter Myss — Benedikt Posch, Die vorgotischen Fresken Tirols, Wien, S. 99

1968
Otto Demus — Max Hirmer, Romanische Wandmalerei, München, S. 129 ff.
Klara Maria Veider, Byzantinisch-romanische Kunst in Marienberg. In: Skolast 13. Jg., Nr. 4, S. 14

1969
Hermann Fillitz, Das Mittelalter I, Propyläen Kunstgeschichte, Bd. 5, Berlin, S. 100

1971
Josef Rampold, Vinschgau, Bozen, S. 177 ff. (4. Auflage 1980)
Nicolò Rasmo, Affreschi medioevali atesini, Milano, S. 44 ff., 239

1972
Erich Egg, Kunst in Tirol, Bd. 2, Malerei und Kunsthandwerk, Innsbruck-Wien-München, S. 20

1973
Mathias Frei, Marienberg bei Burgeis, SB Farbkunstführer Südtirol Nr. 7, Bozen
Kunstdenkmäler in Italien, ein Bildhandbuch, herausgegeben von Reinhard Hootz. Südtirol-Trentino, bearbeitet von Reinhard Hootz, Berlin-München, S. 378

1974
Ausstellungskatalog „Venezia e Bisanzio“, Venedig, S. 69

1975
Nicolò Rasmo, Kunst in Südtirol, Bozen, S. 18

1977
Mathias Frei, Kunstreise durch Südtirol, Bozen, S. 72 (3. Auflage 1979)

1979
Karl Gruber, Kunstlandschaft Südtirol, Bozen, S. 16
Nicolò Rasmo, Kunst. In: Südtirol-Trentino, Mailand, S. 169
Iso Müller, Die Tarasper Inschriften in Marienberg. In: Zeitschrift für schweizerische Kirchengeschichte, Bd. 73, S. 235 ff.
Josef und Konrad Hecht, Die frühmittelalterliche Wandmalerei des Bodenseegebietes, Sigmaringen, S. 258

1980
Nicolò Rasmo, Storia dell'arte nell'Alto Adige, Bolzano, S. 36
Iso Müller, Die Herren von Tarasp, Disentis

1981
Denkmalpflege in Südtirol 1974—1980, Autonome Provinz Bozen-Südtirol, Informationsschrift des Landtages und der Landesregierung, 11. Jg. I/1981, Heft 27, S. 45, 49

1982
Mathias Frei, Die Krypta nach ihrer Restaurierung (1980/81), Beiblatt zum SB Farbkunstführer Südtirol Nr. 7
Josef Joos, Die Restaurierung der Krypta von Marienberg. In: Studien und Mitteilungen zur Geschichte des Benediktinerordens, Bd. 92, S. 1035

1983
Helmut Stampfer, Stiftskirche Marienberg, S. 28

1984
Silvia Spada, Gli affreschi romanici di Montemaria: appunti sui nuovi ritrovamenti. In: CORONA ALPIUM Miscellanea di Studi in onore del Prof. C.A. Mastrelli, Firenze, S. 431
Josef Nössing, Die Grafen von Eppan und das Kloster Marienberg. In: Churrätisches und st. gallisches Mittelalter, Festschrift für Otto P. Clavadetscher zu seinem fünfundsechzigsten Geburtstag, Sigmaringen, S. 99.

1985
Nicolò Rasmo, Zeugnisse der romanischen Kunst in Südtirol, Kalender der Südtiroler Landessparkasse
Nicolò Rasmo, Kunstschätze Südtirols, Rosenheim, S.29
Iso Müller, Neue Tarasper-Studien. In: Bündner Monatsblatt, Chur, Mai/Juni 1985, S. 145

Krypta gegen Nordosten. Die Bänder an den Gewölbegraten und die Fugenmalerei am Bogen der Tür gehören der Erstausstattung von 1160 an, die Fresken sind etwas später, wohl vor 1177 (Tod Ulrichs III. von Tarasp) und nicht nach 1185 (Weihe der Michaelskapelle in der Oberkirche) entstanden. ▷

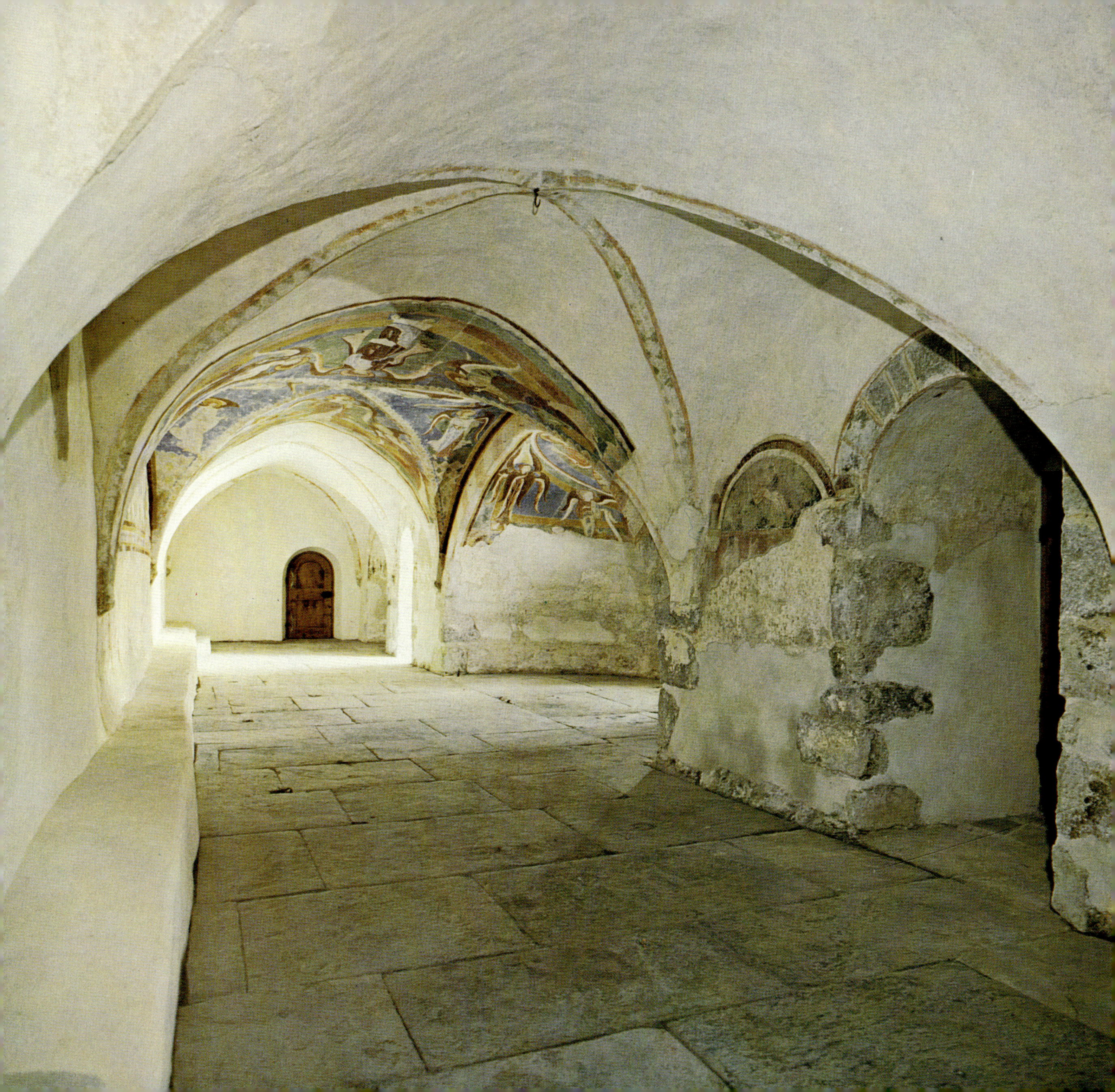

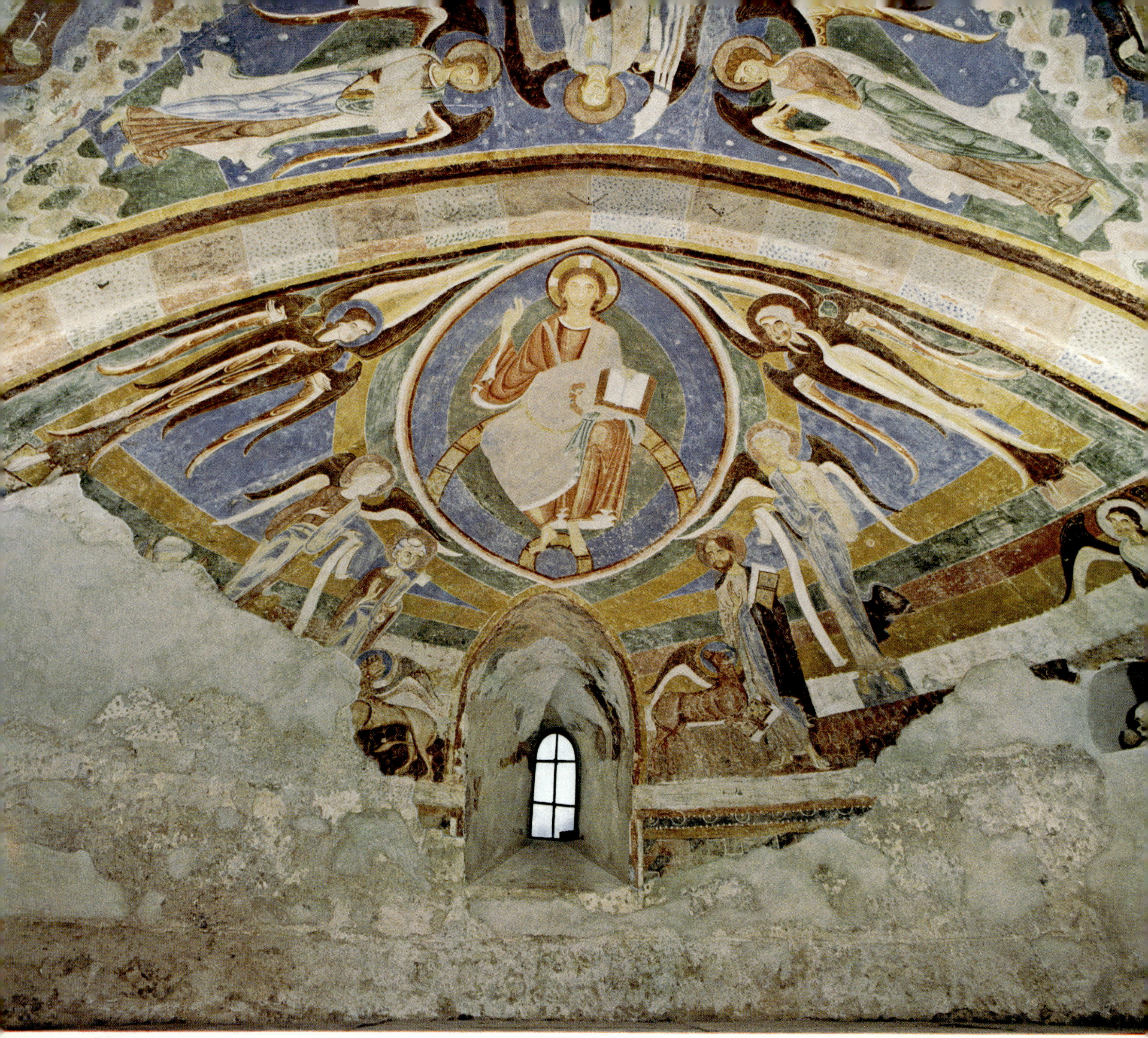

Majestas Domini in der Hauptapsis, aufgedeckt 1887/88.
Engel als himmlischer Thronstaat Christi am mittleren Gewölbejoch. Die waagrechte Linie in der oberen Bildhälfte bezeichnet den Verlauf der 1980 entfernten Gruftmauer. Die fünf Engel östlich davon wurden 1887/88 freigelegt, die anderen acht (untere Bildhälfte) kamen nach Abbruch der Mauer zum Vorschein. ▷

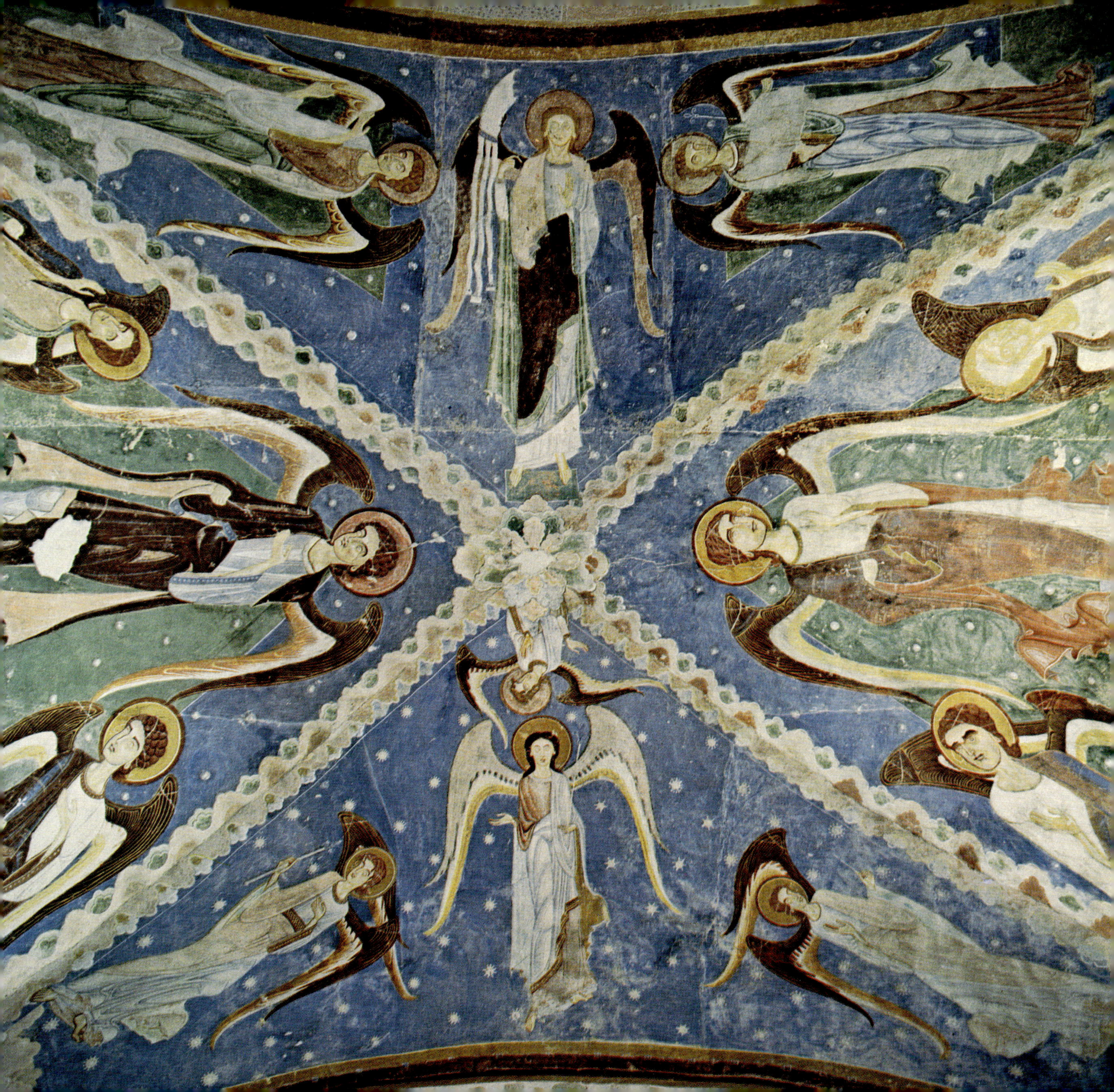

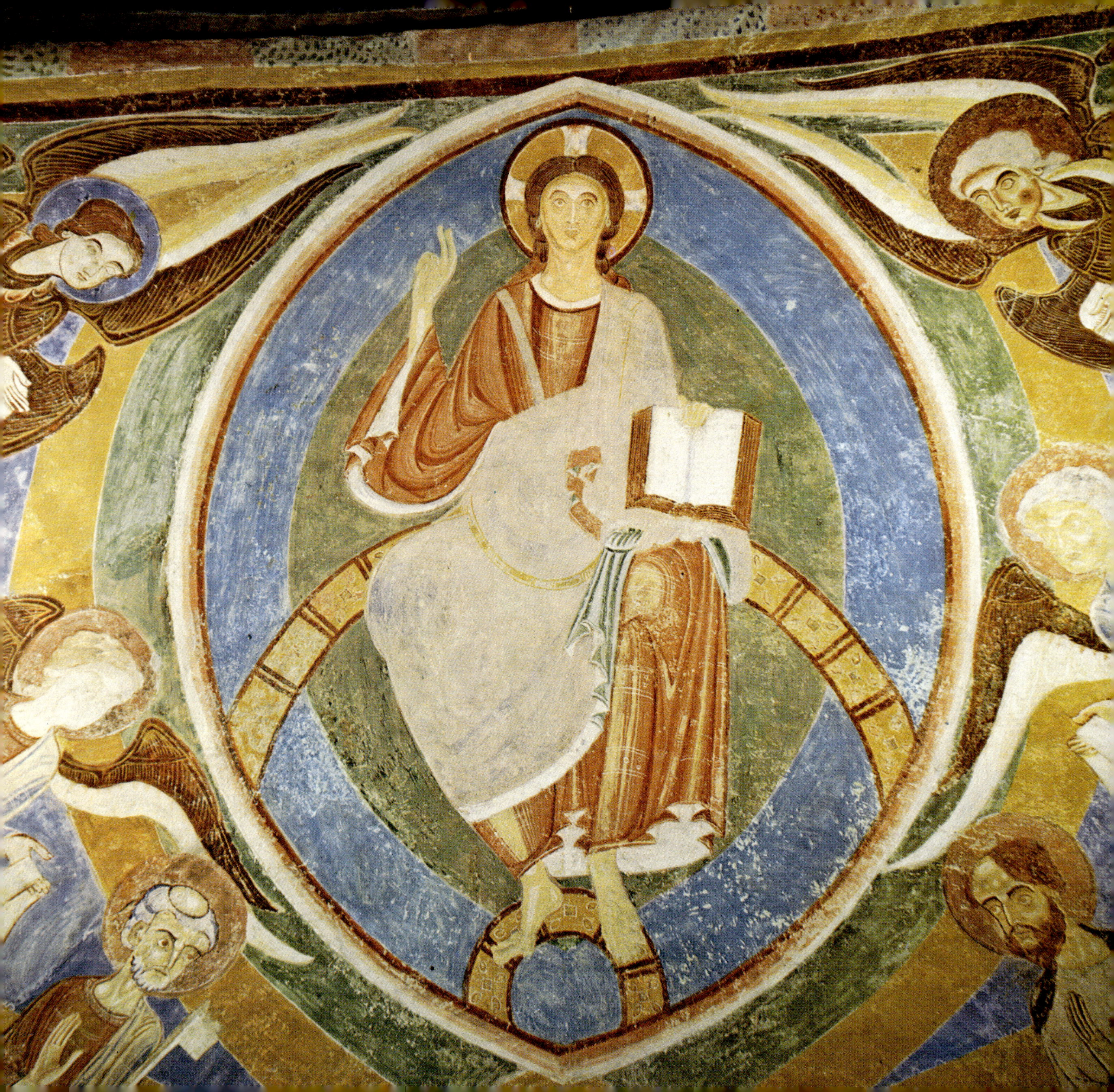

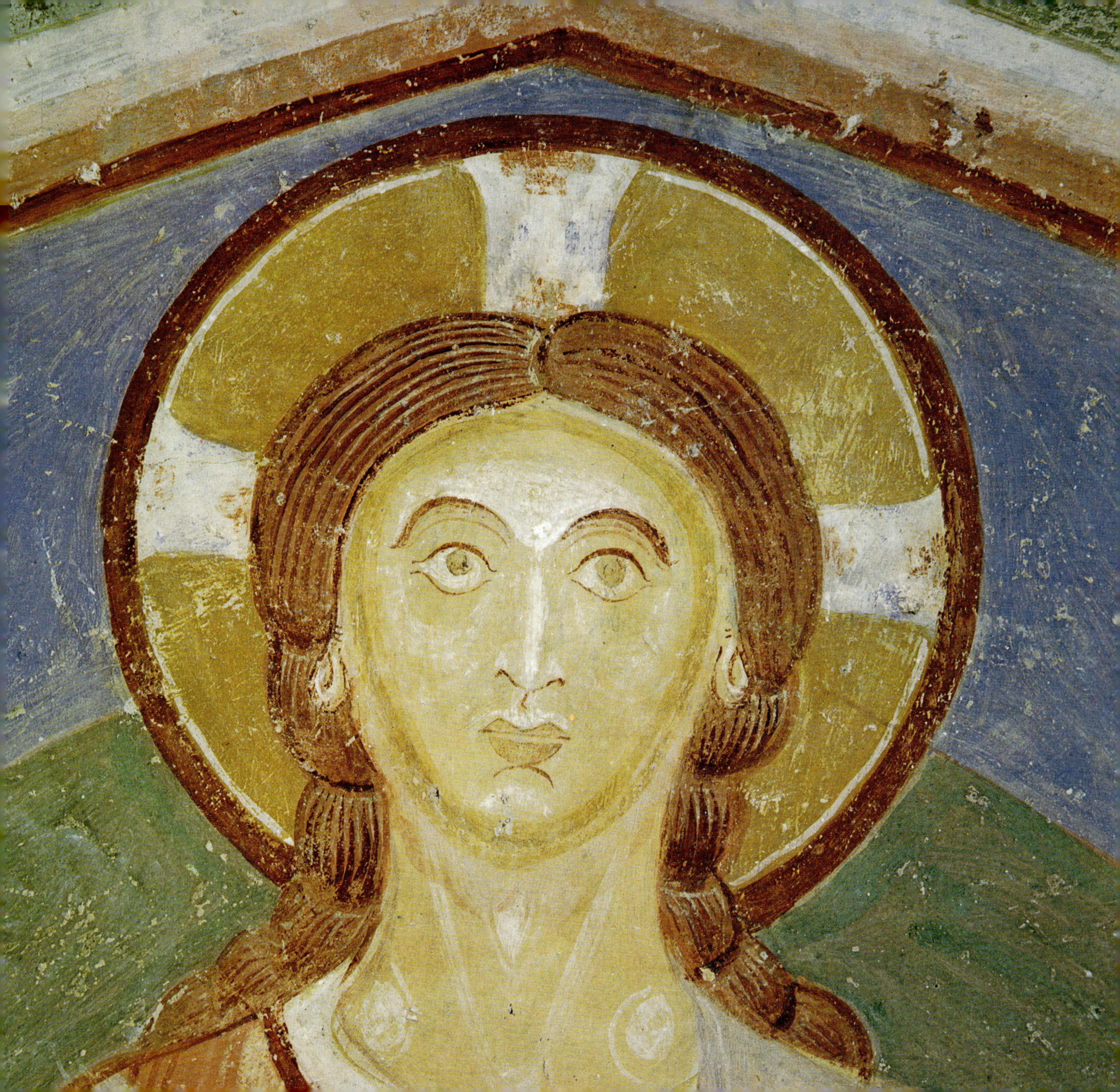

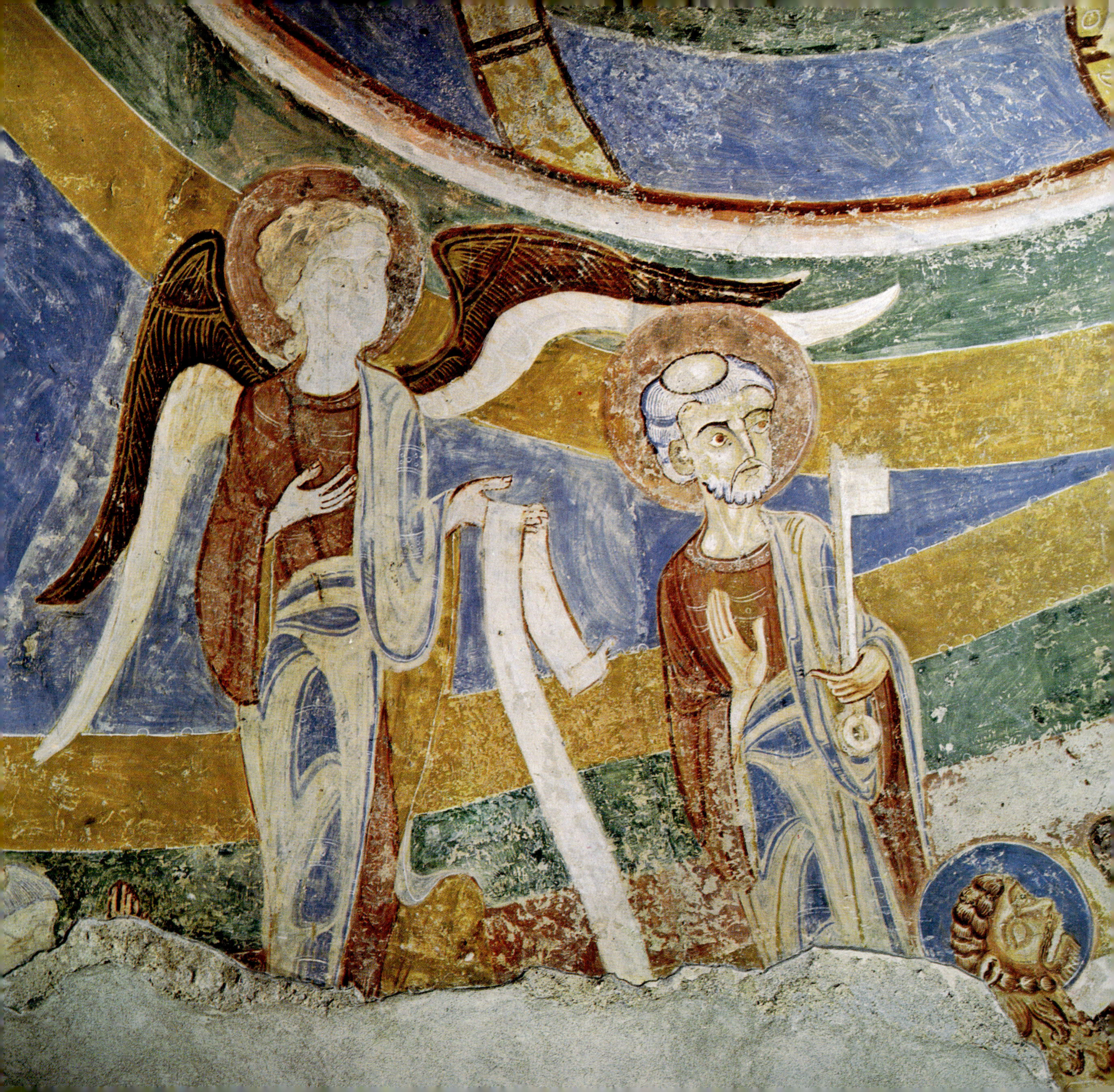

◁◁ Die Mandorla, in der
hchristlichen Kunst als
htwolke des erscheinenden
ristus illusionistisch dar-
stellt, wird in der Romanik
r geometrischen Farbfläche
gestaltet.

◁ Ein Kreuznimbus auf
ber (goldener) Scheibe hebt
Kopf Christi als
ttelpunkt der Fresken
vor. Das Antlitz wirkt
endlich, da Schnurrbart
d Bart stark verblaßt sind.

Petrus und Engel mit
rem Schriftband. Am linken
drand betender Mönch,
hl der Abt des Klosters
Zeit der Weihe.

kasstier, Paulus und Teil
rechten Engels mit
rem Schriftband. ▷

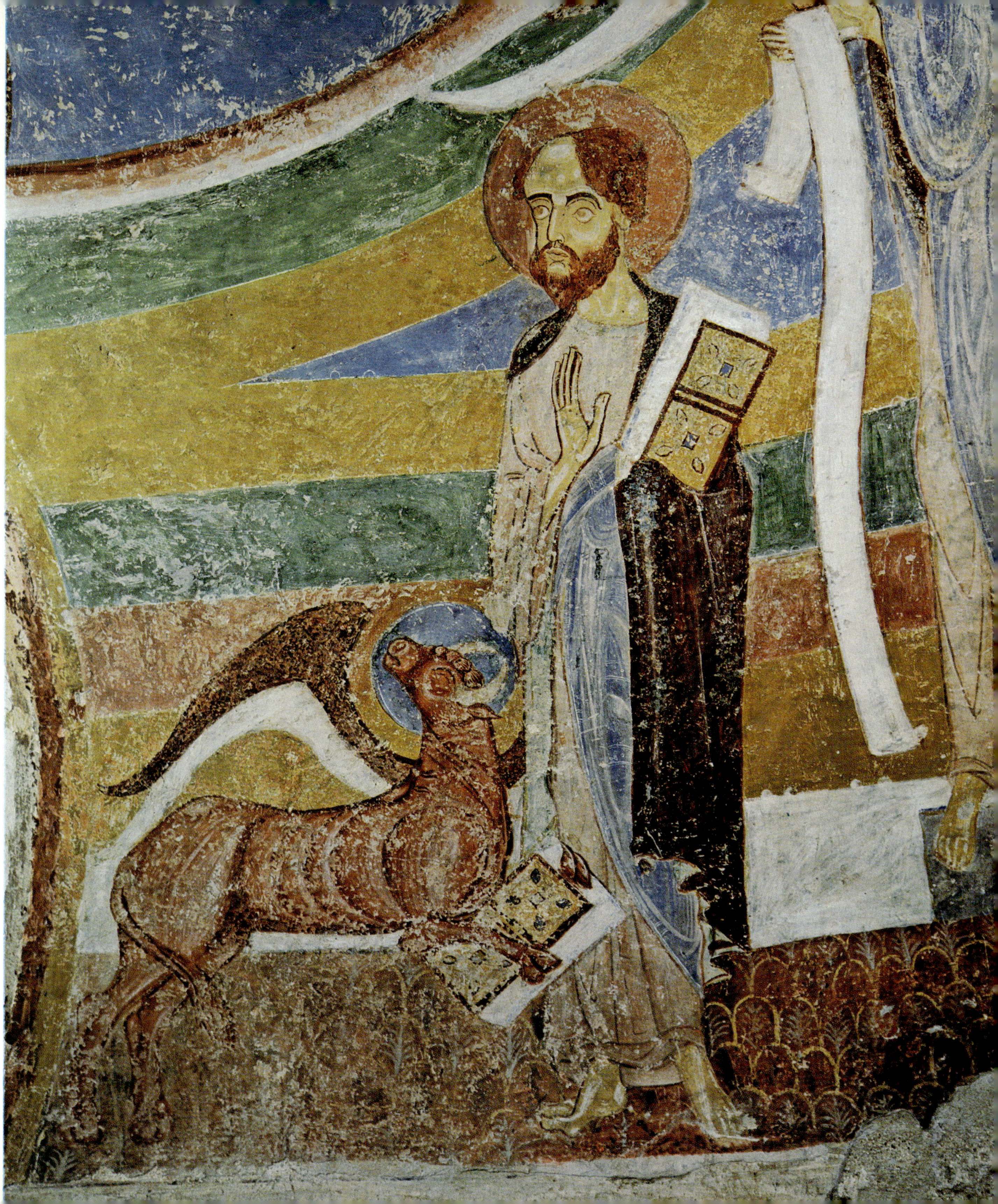

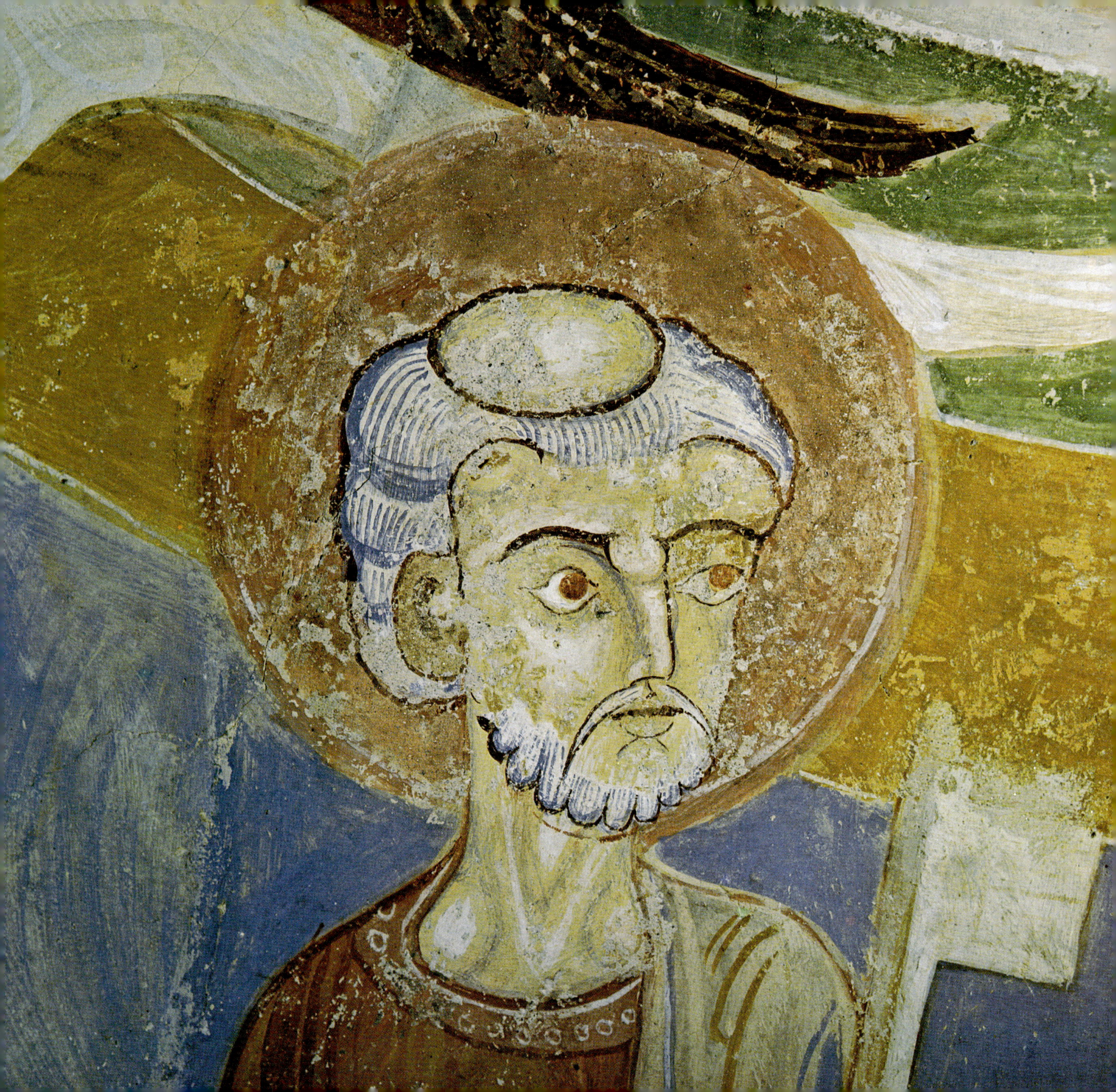

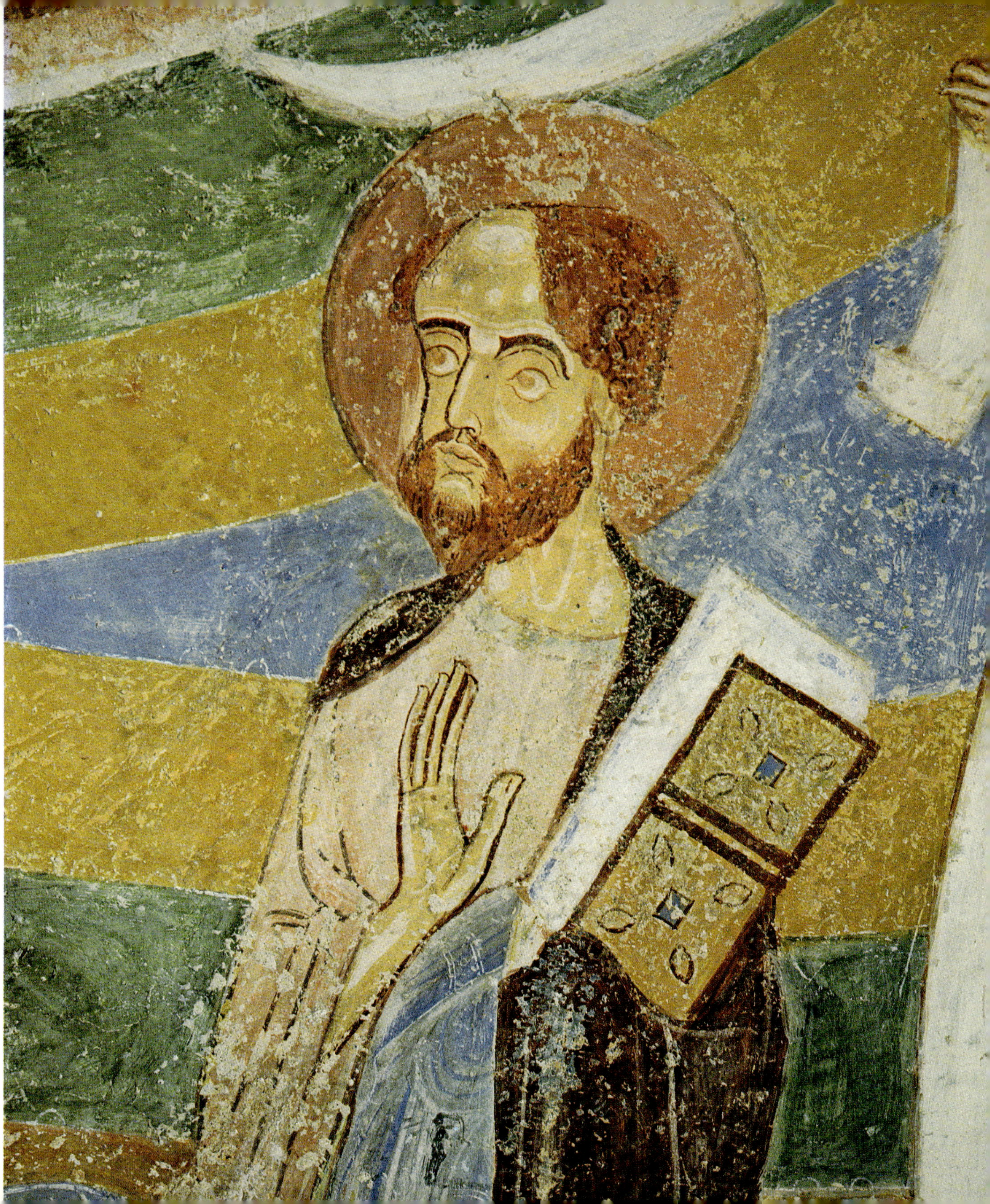

rus und Paulus als
arpatrone der Hauptapsis.
e Ikonographie folgt der
zantinischen Tradition.

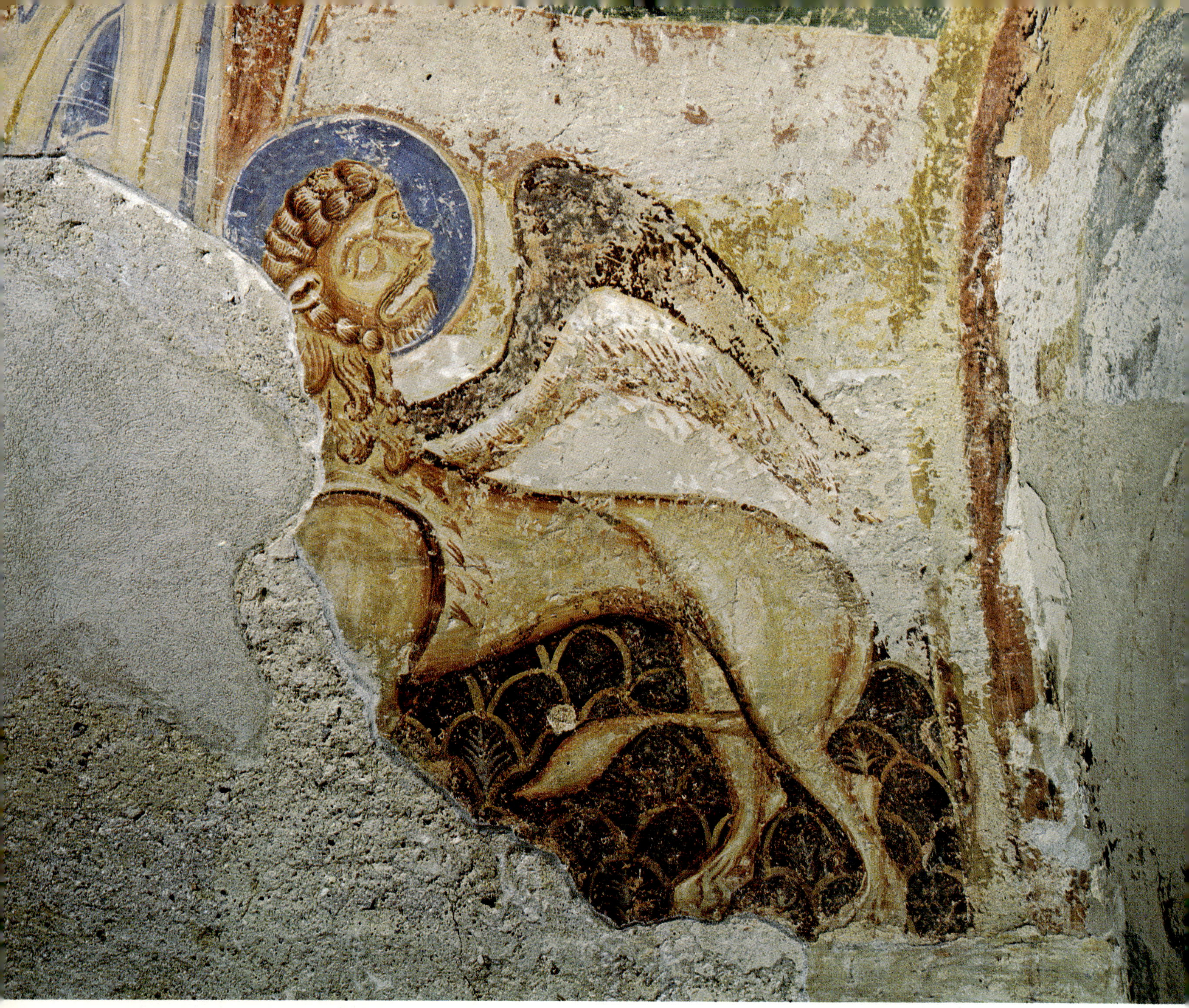

Markuslöwe und Lukasstier auf dem untersten Farbstreifen der Majestaszone, den schuppenartige Schollen und stilisierte Pflänzchen als Erdboden kennzeichnen.

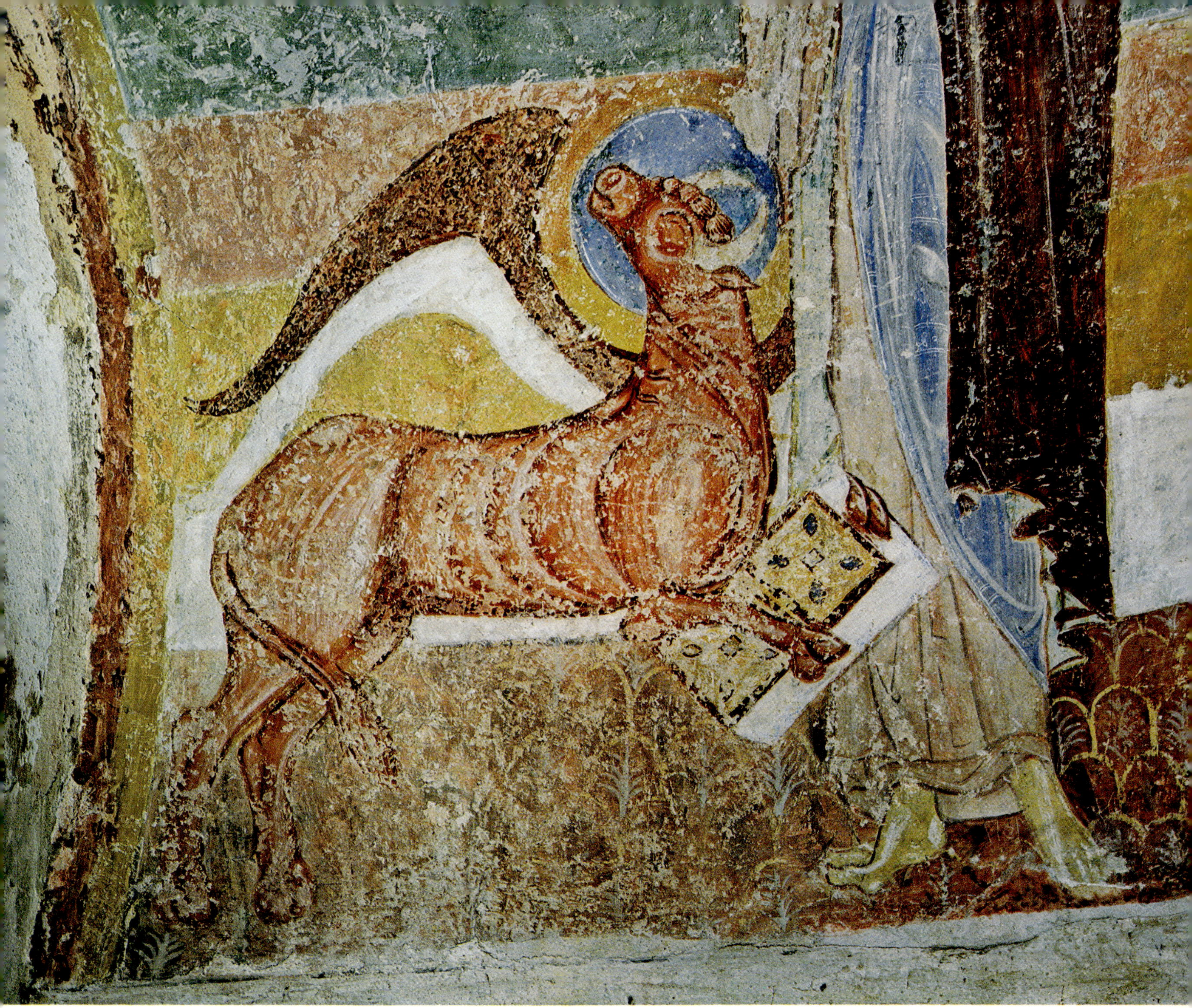

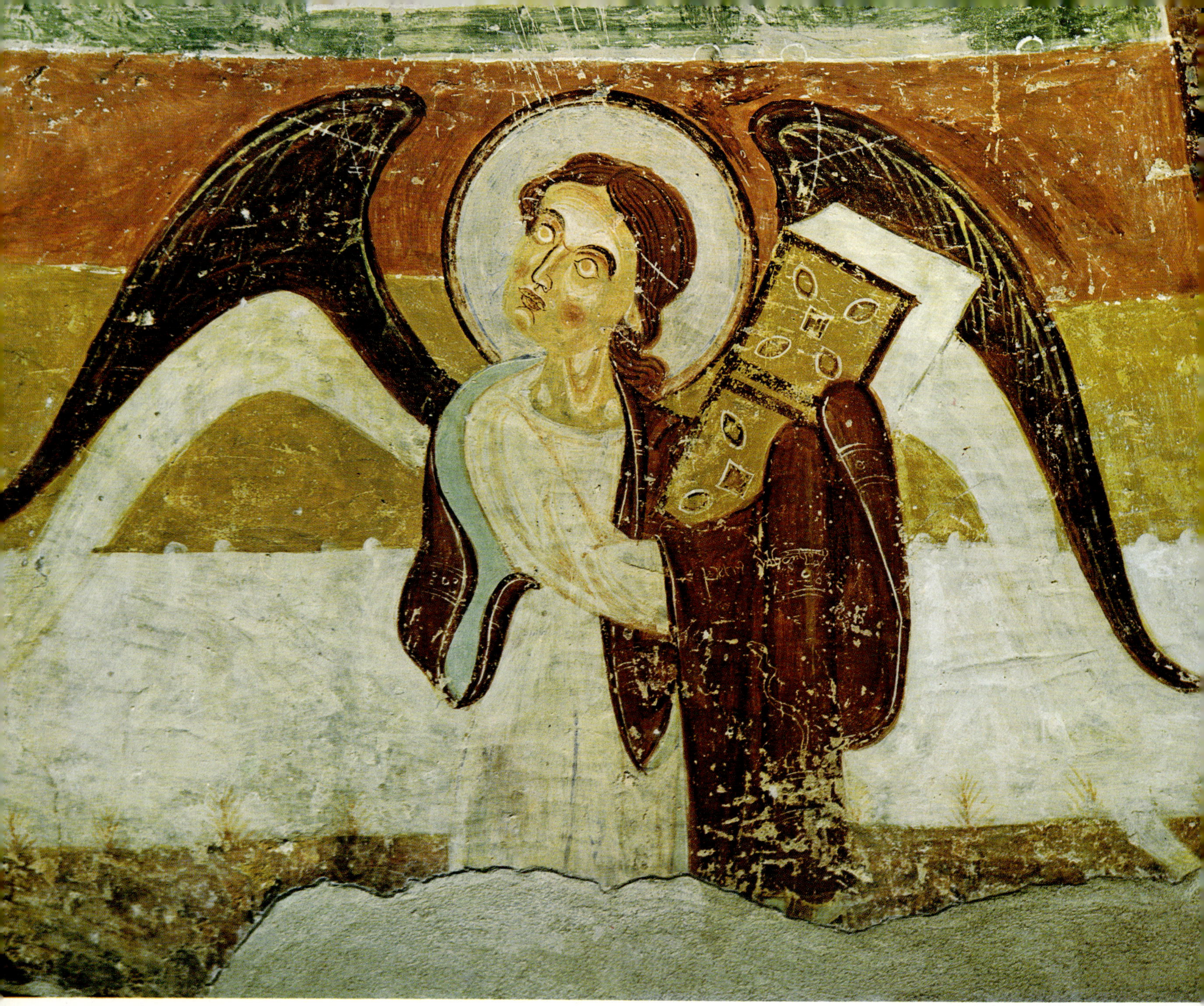

Matthäusengel

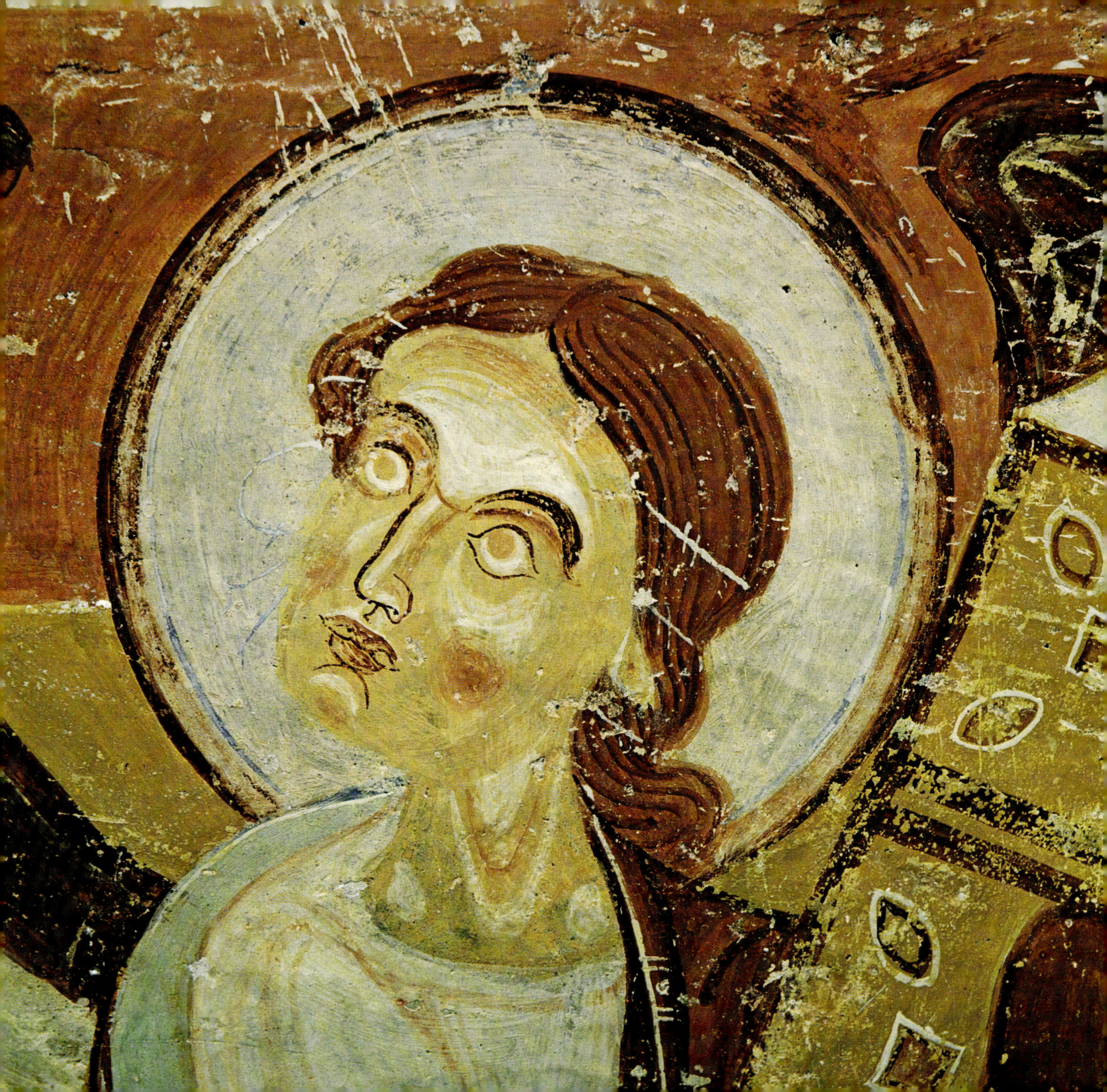

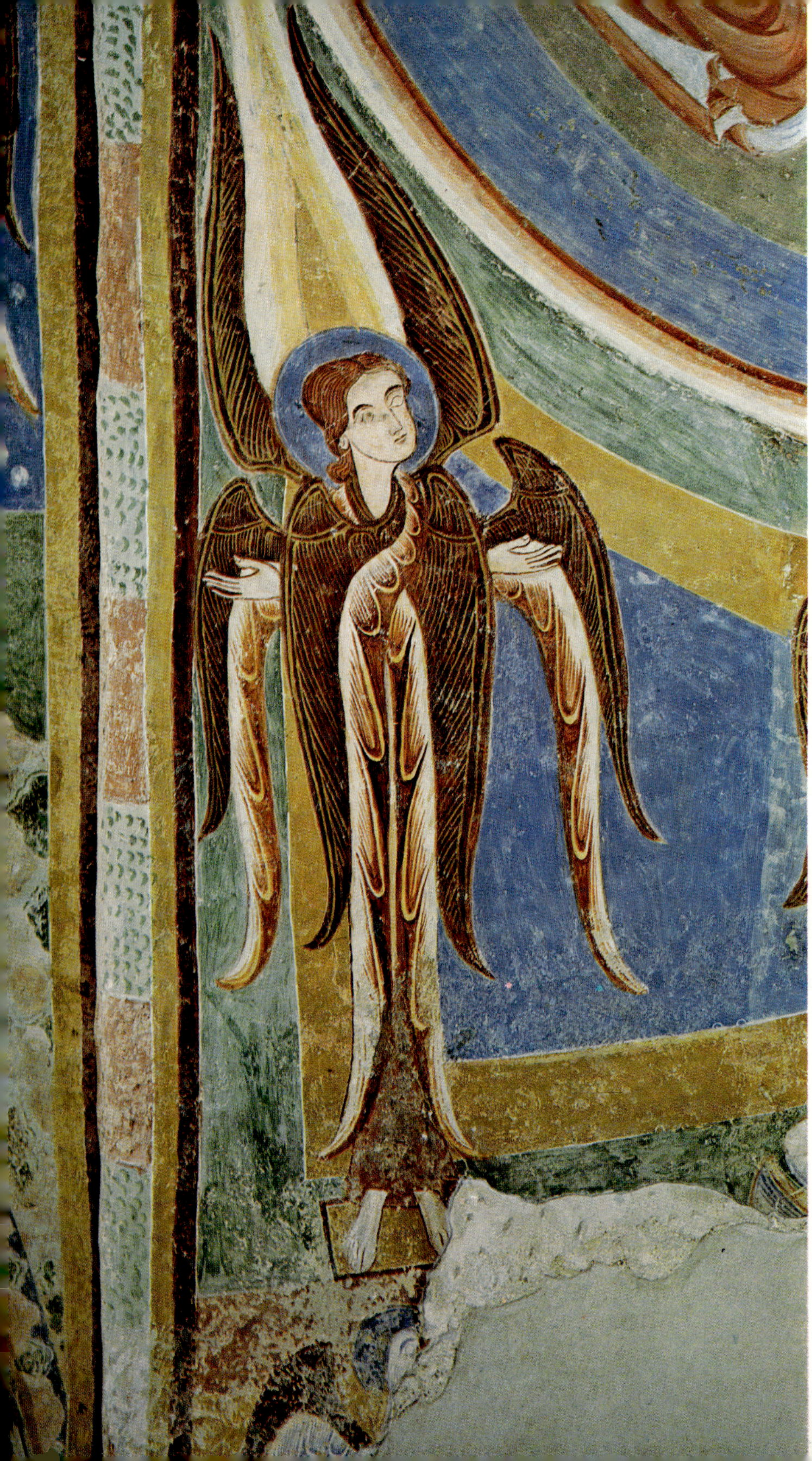

Zwei sechsflügelige Seraphim als Thronwesen Gottes.
Unter dem linken Fragment des Johannesadlers.

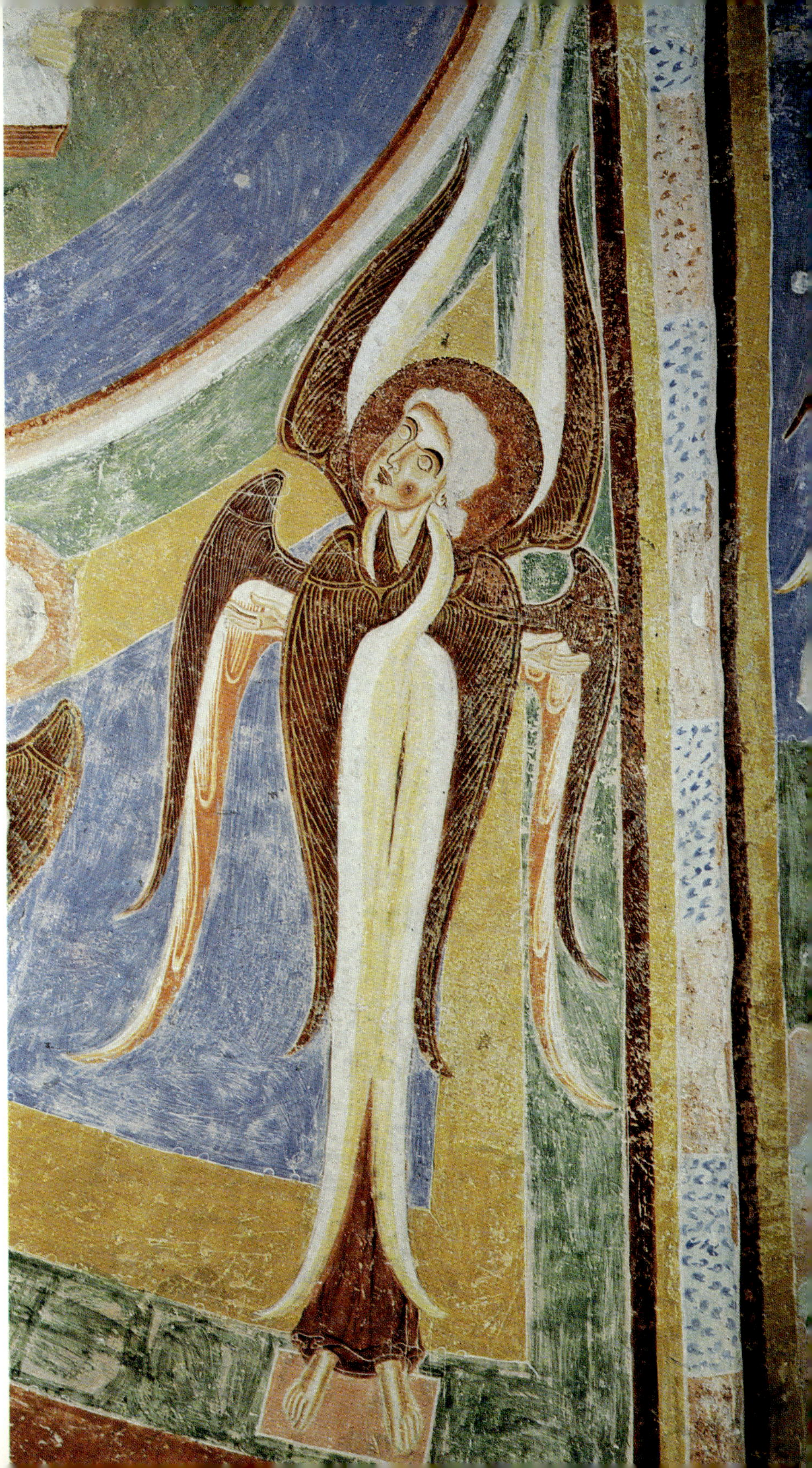

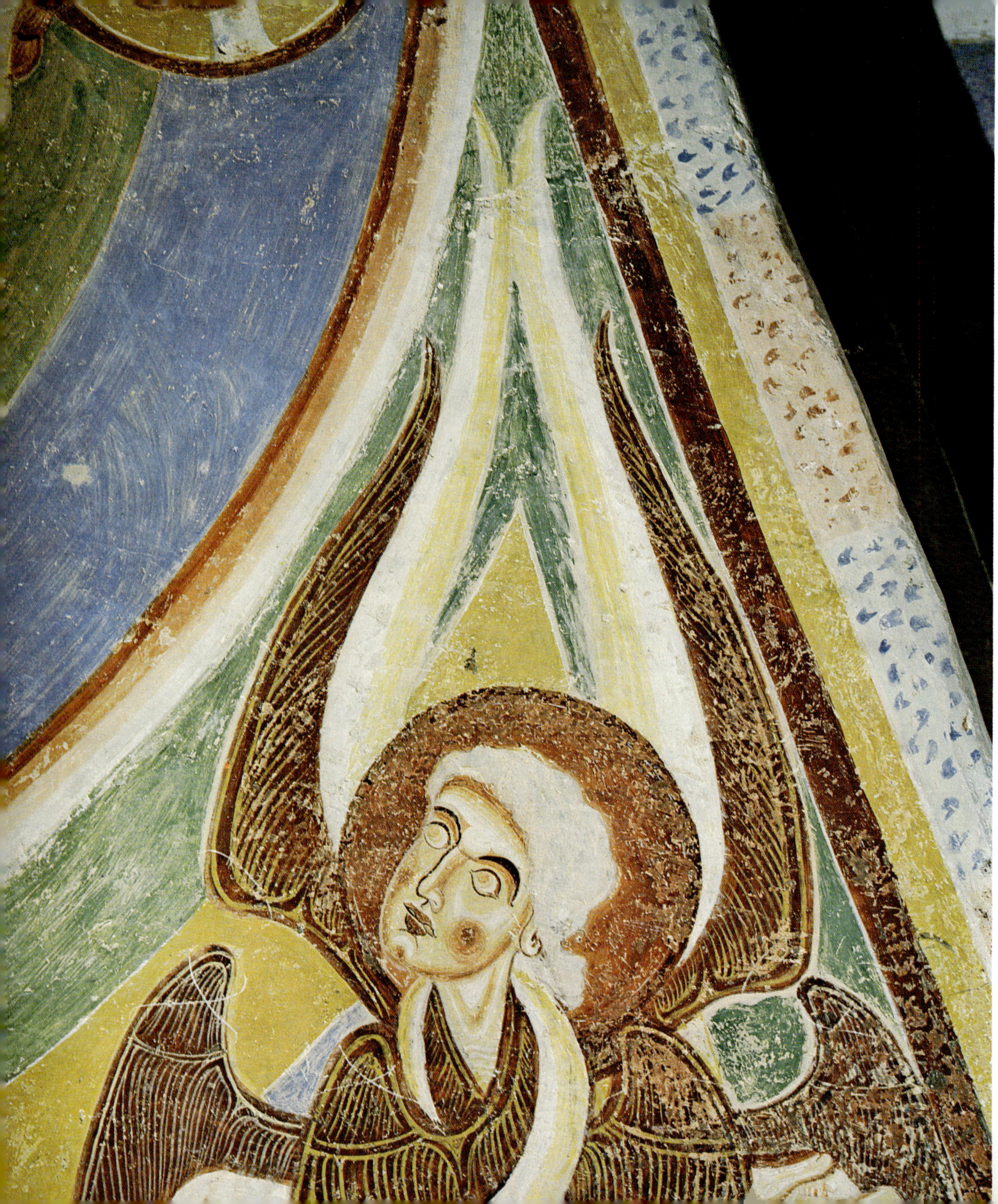

Malerei in der Fensterleibung
Hauptapsis, aufgedeckt 1983

Zwei Personen mit Baum, nör
Außenwand der Hauptapsis,
gereinigt 1983 ▷▷

Der rechte Seraphim,
Ausschnitte.
Die Beschädigungen
der Malschicht gehen auf d
Freilegung von 1887/88
zurück, die Retuschen wur
bei der Restaurierung 1927
angebracht.

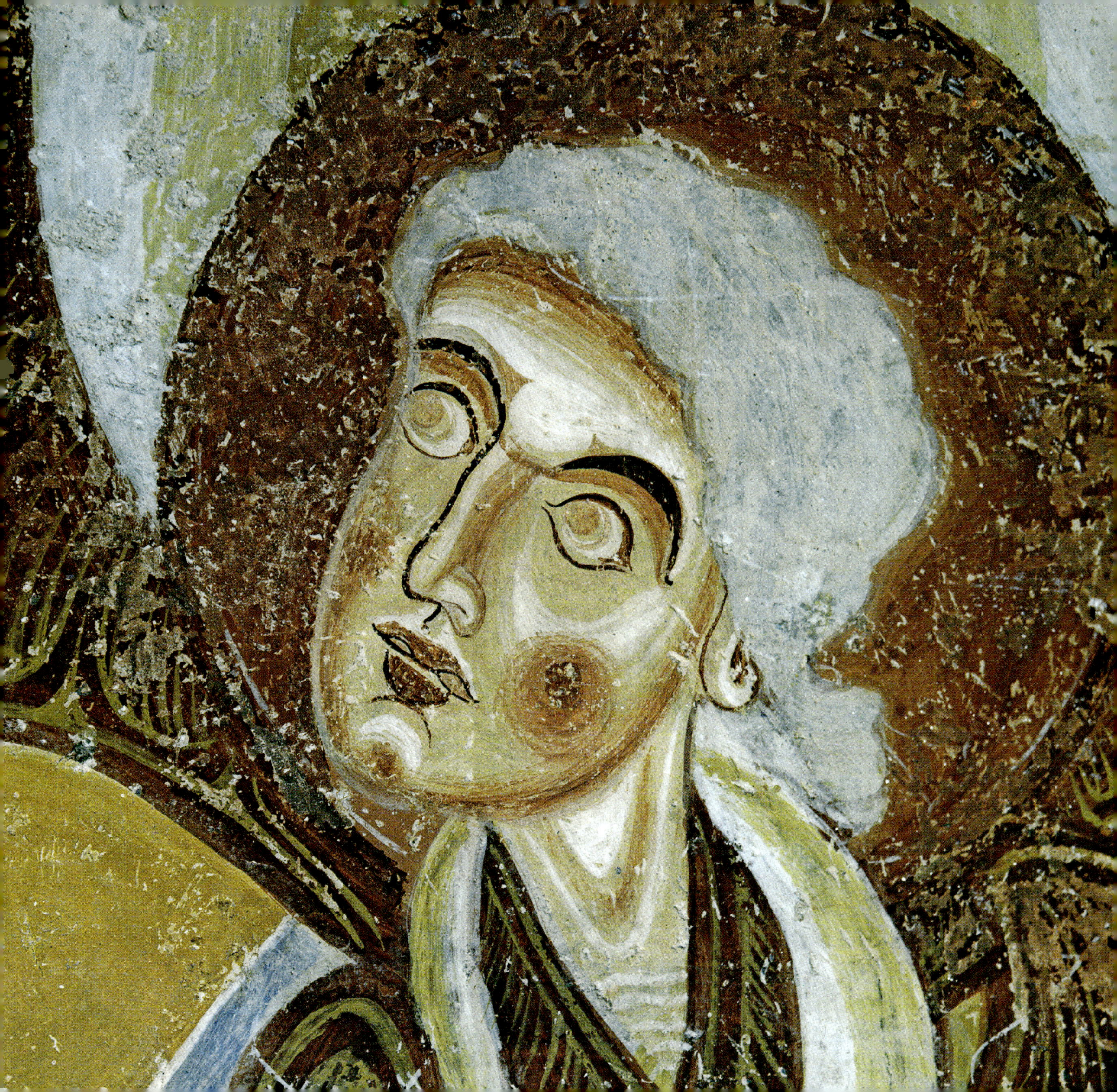

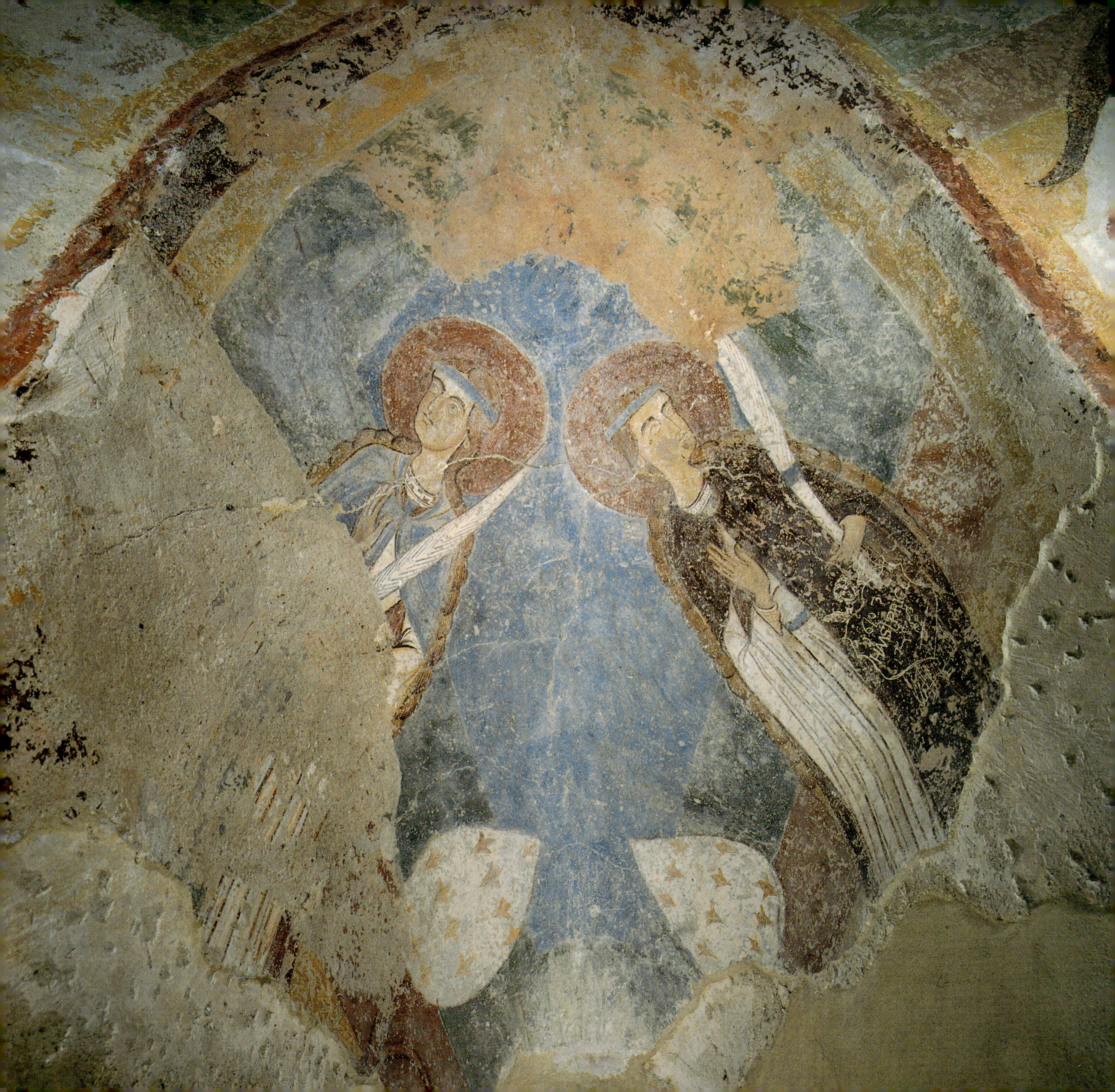

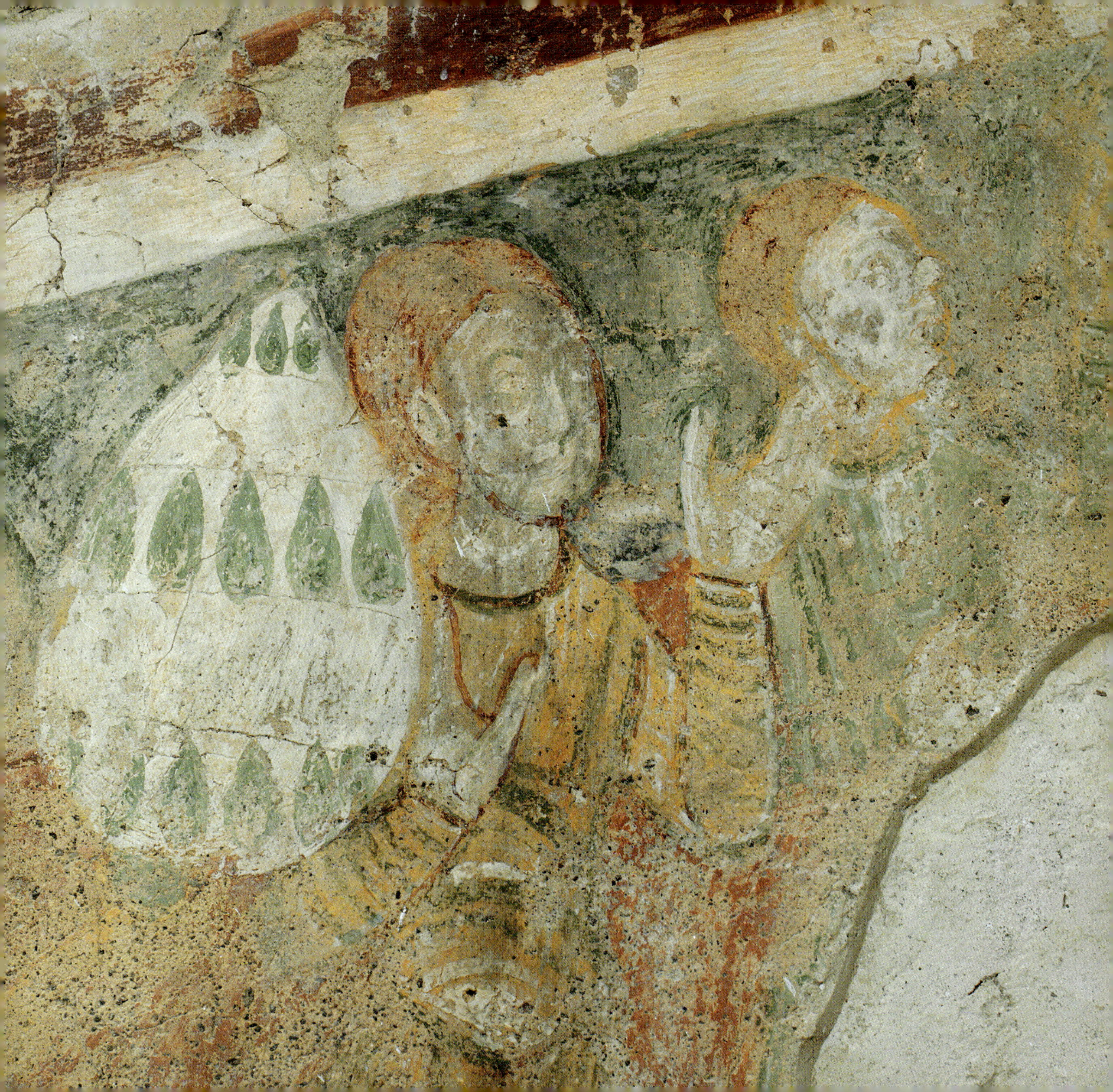

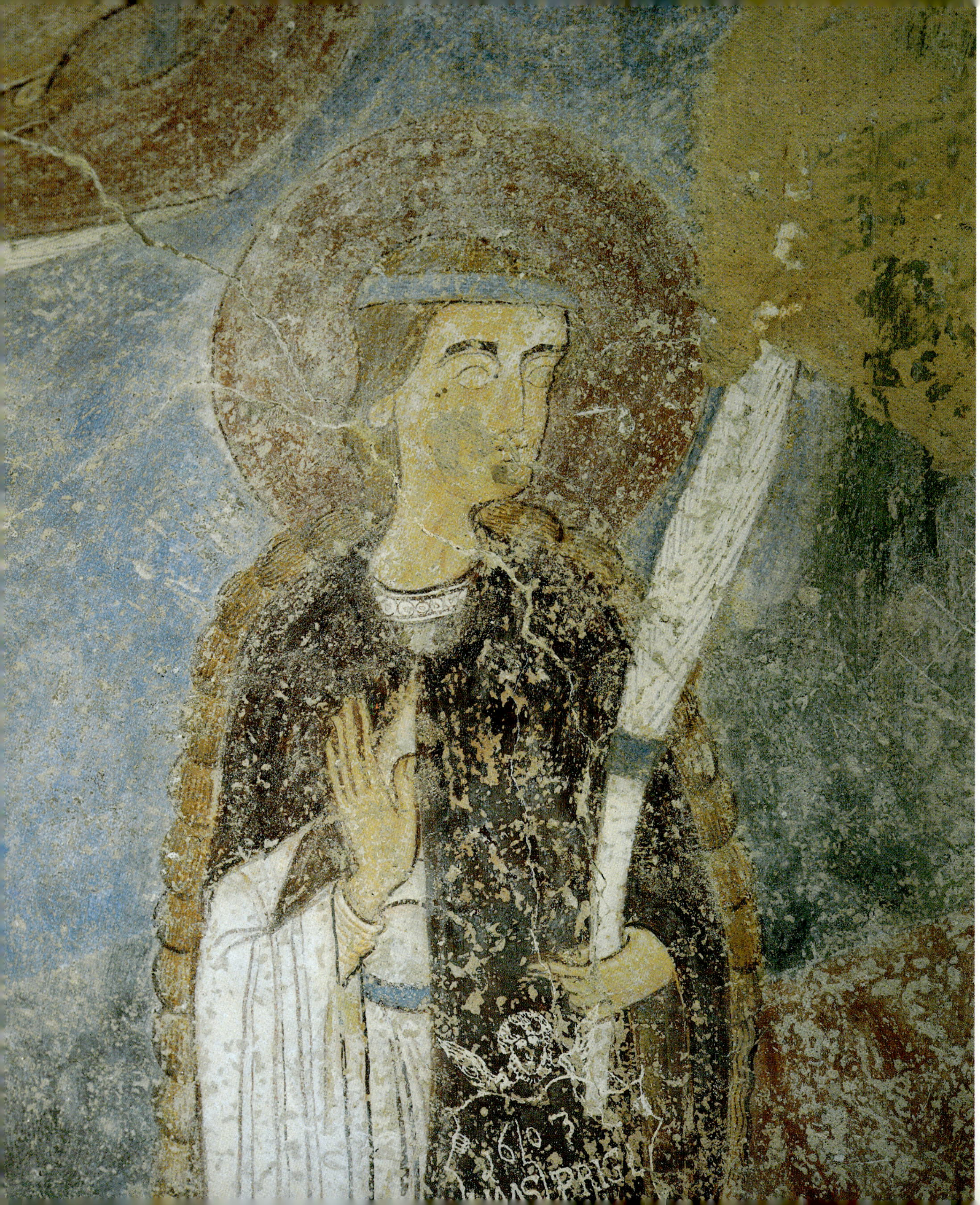

Heiligemit Märtyrerpalme,
Fensterleibung der Hauptap

Kopf einer Märtyrerin ▷

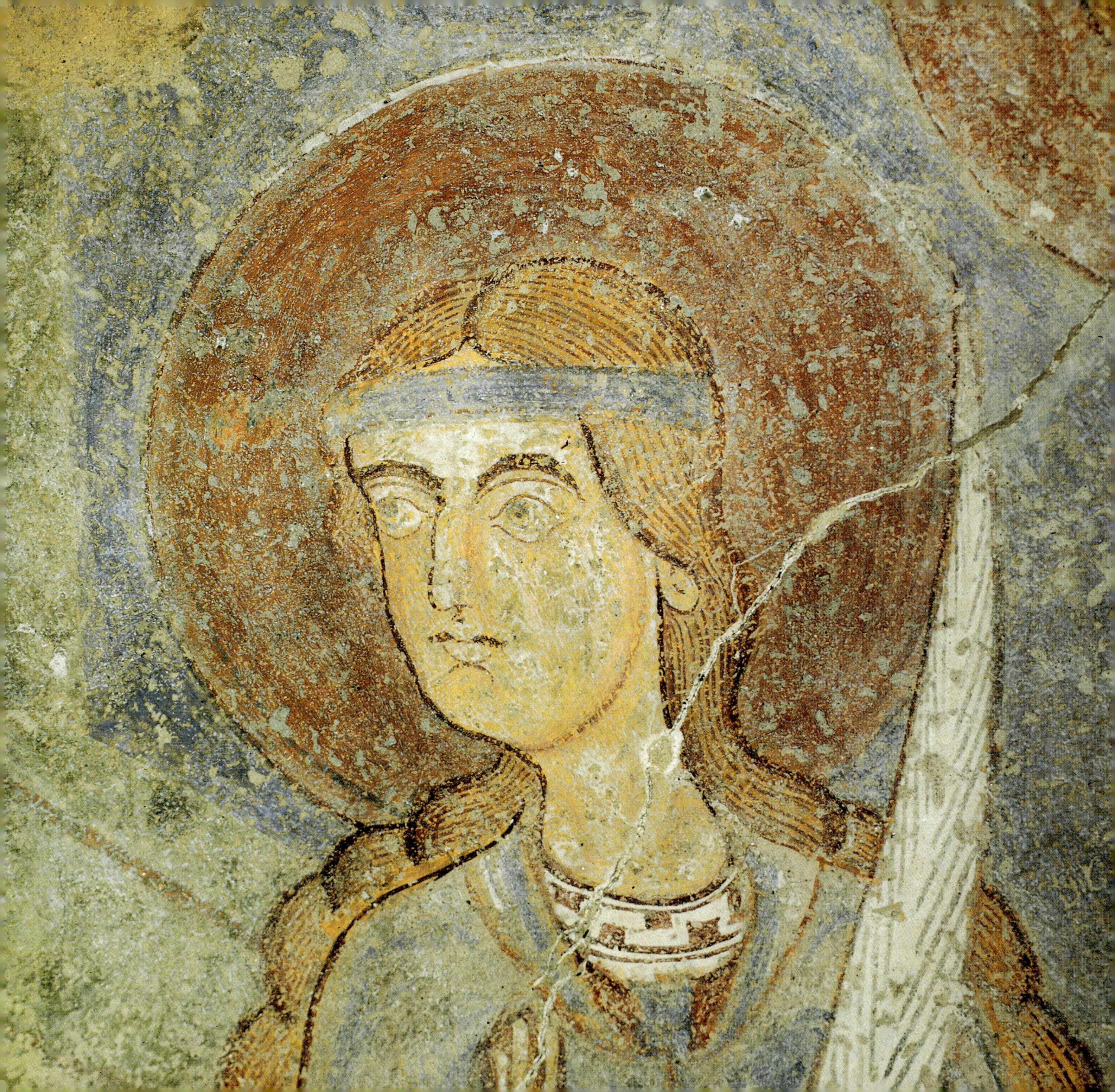

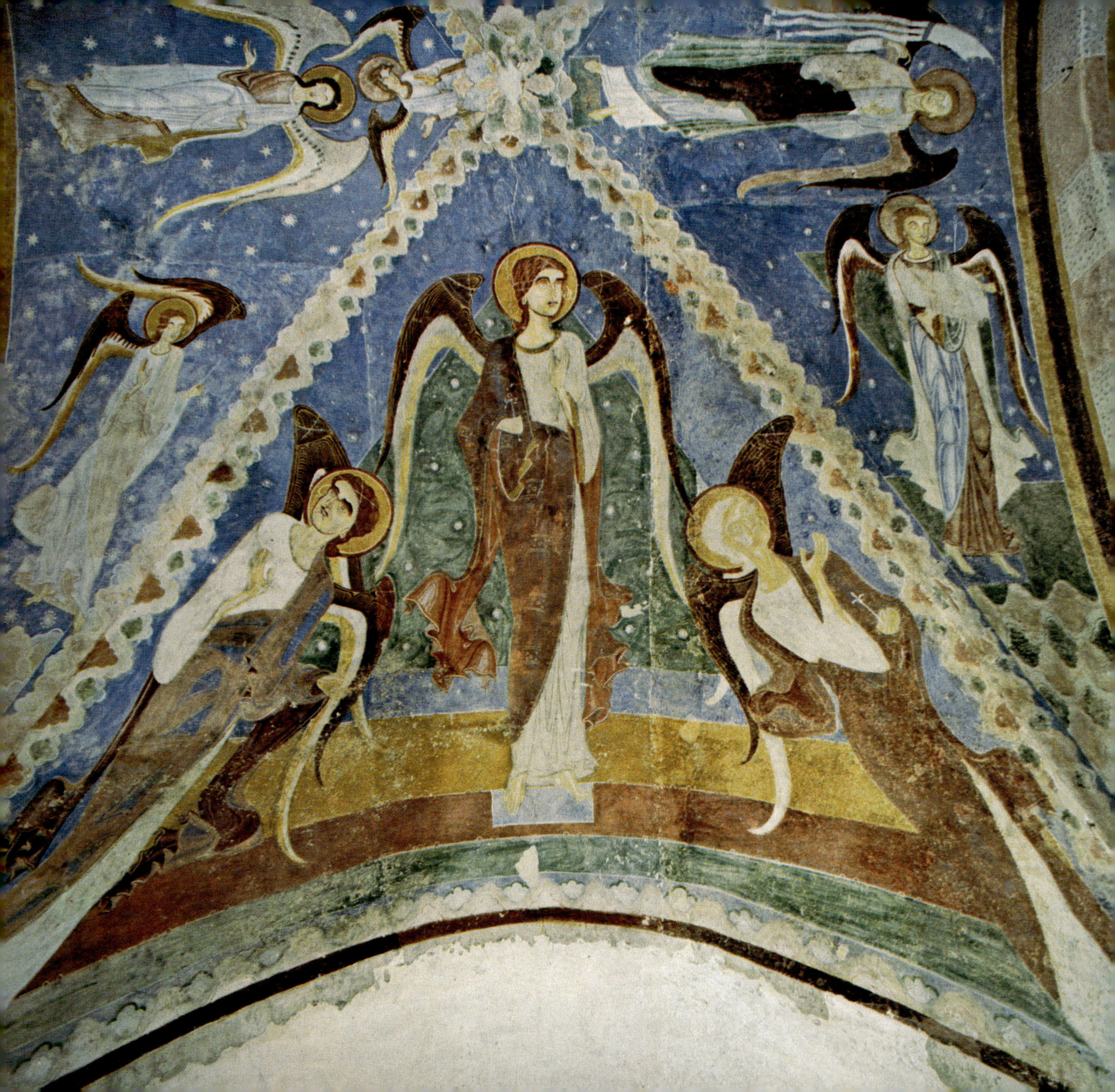

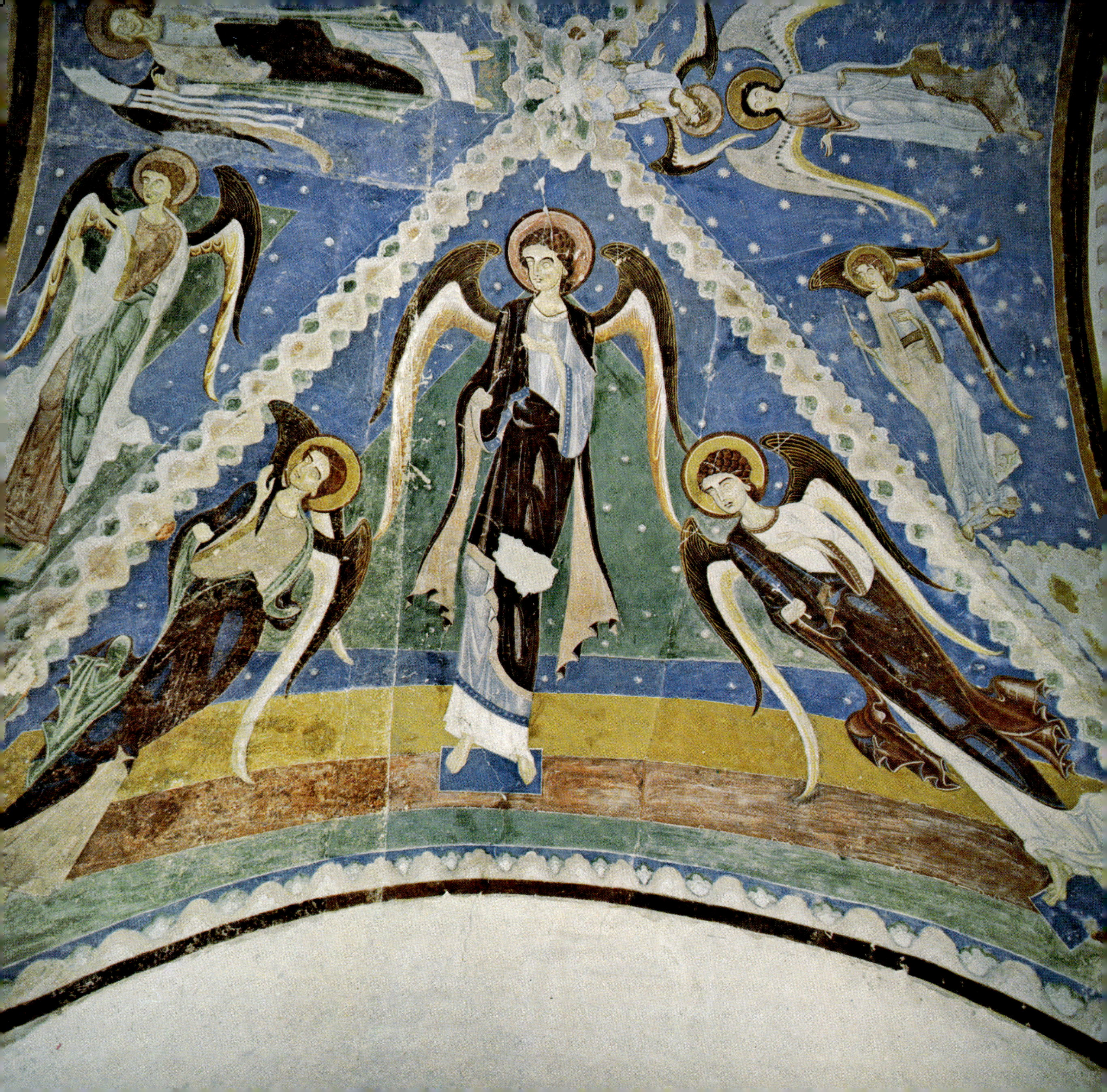

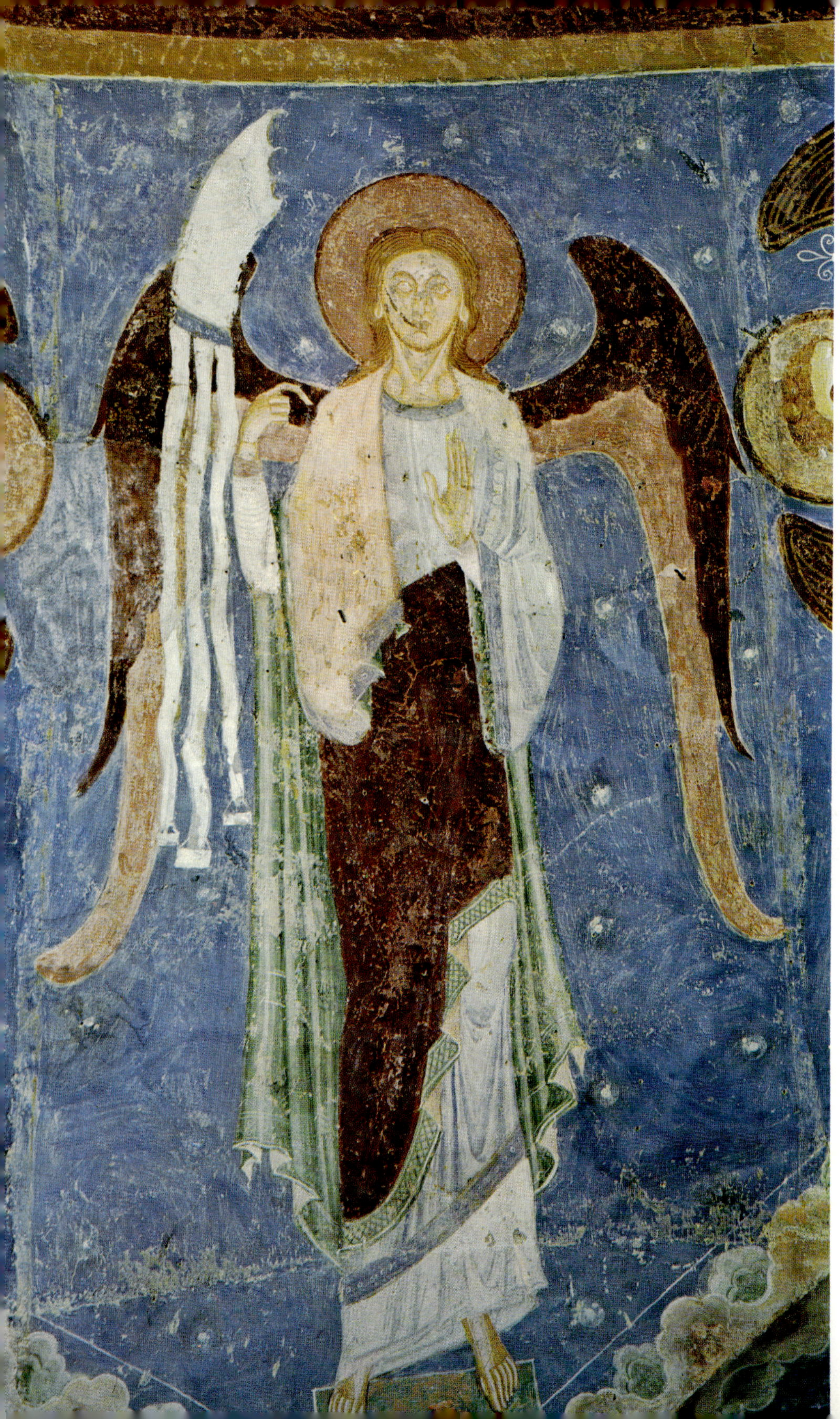

◁ Nördliche (l.) und südliche (r.) Hälfte des mittleren Gewölbejoches. Alle Engel blicken nach Osten zu Christus, nur der westliche Engel der Nordkappe (l. unten) wendet sich ab.

In der Mittelachse der Ostkappe führt der Engel mit dem Banner, dem frühchristlichen Labarum, die himmlischen Heerscharen an.

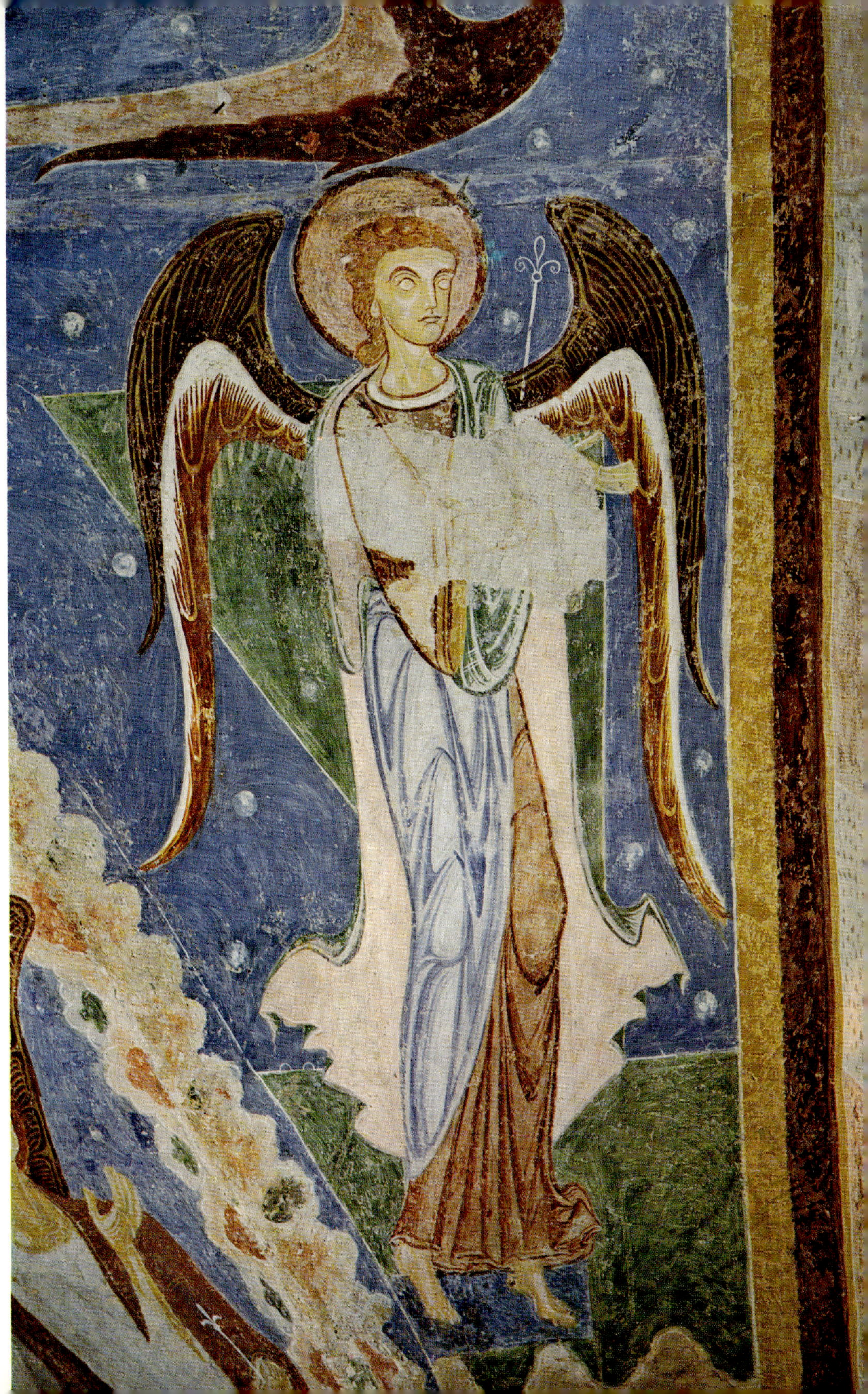

Nördlicher Engel der Ostkappe. Die große Fehlstelle wurde 1927 mit Ockerlinien, die an die Vorzeichnung erinnern, nachgezogen.

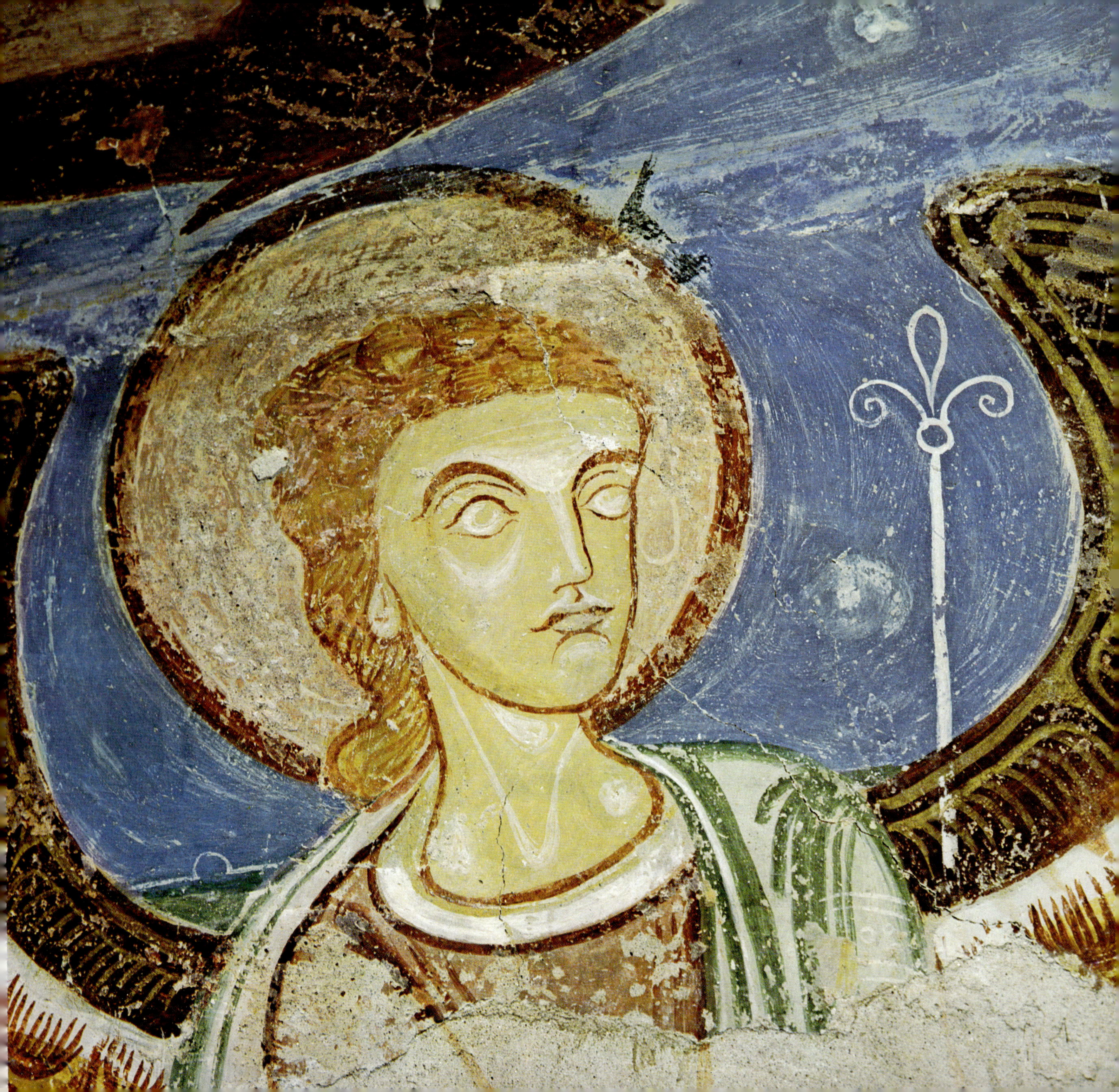

◁ Ausschnitt, Kreuzstäbchen als Hoheitszeichen.

Südlicher Engel der Ostkappe, wie sein nördliches Gegenstück vor grünem Dreieck, das ins Blau des Himmelsgewölbes eingelegt, aber ebenfalls mit Sternen besät ist.

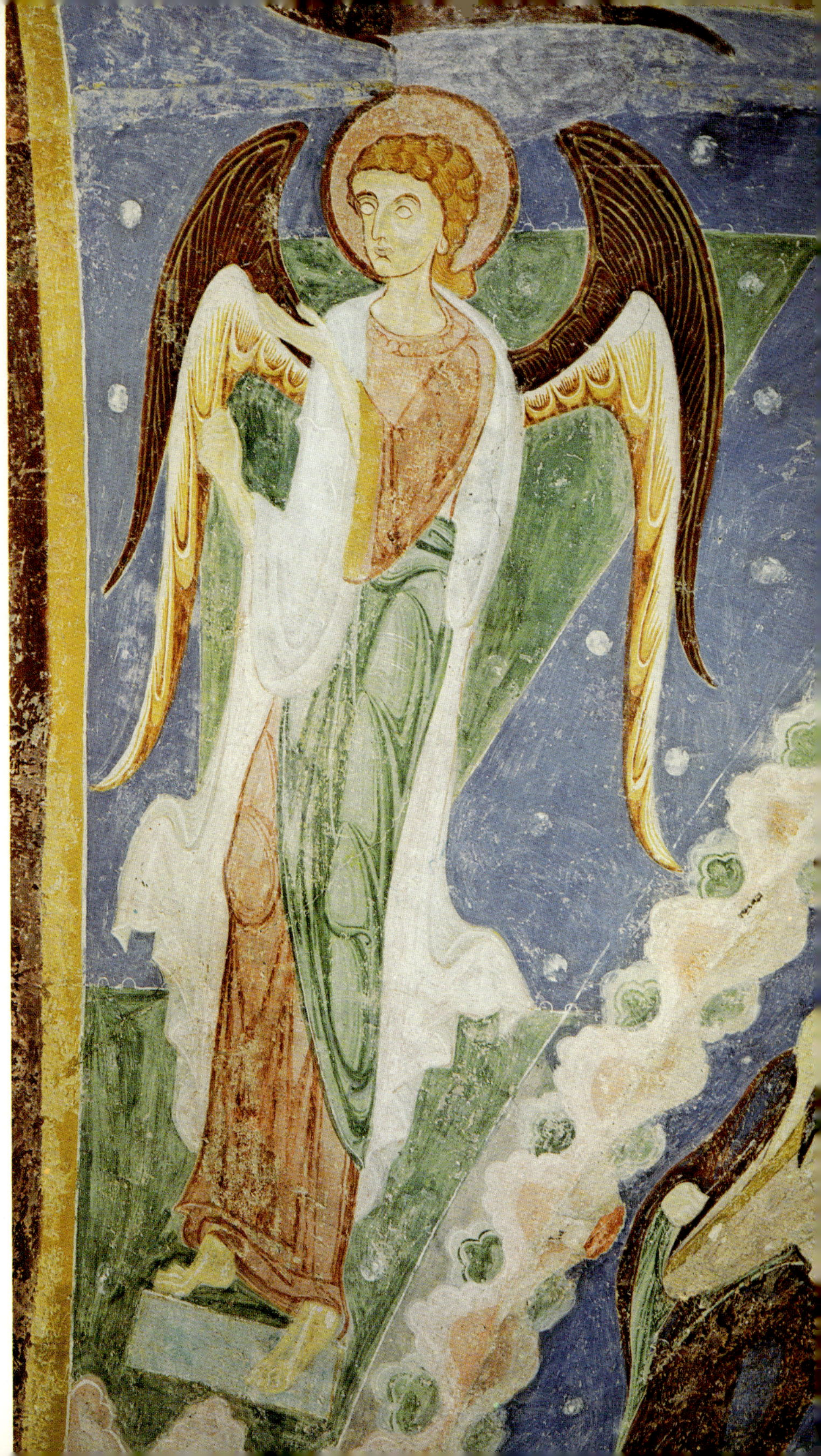

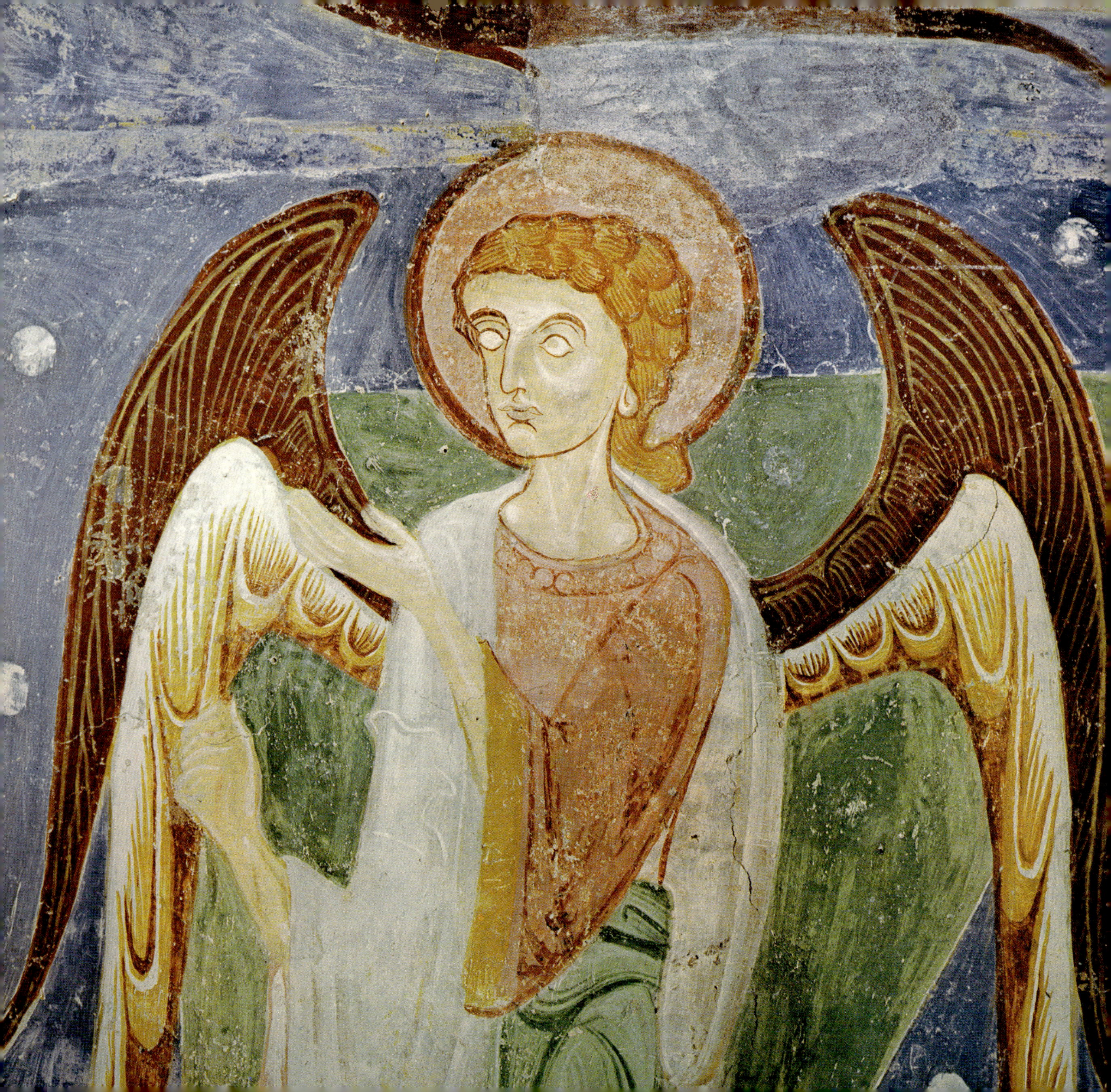

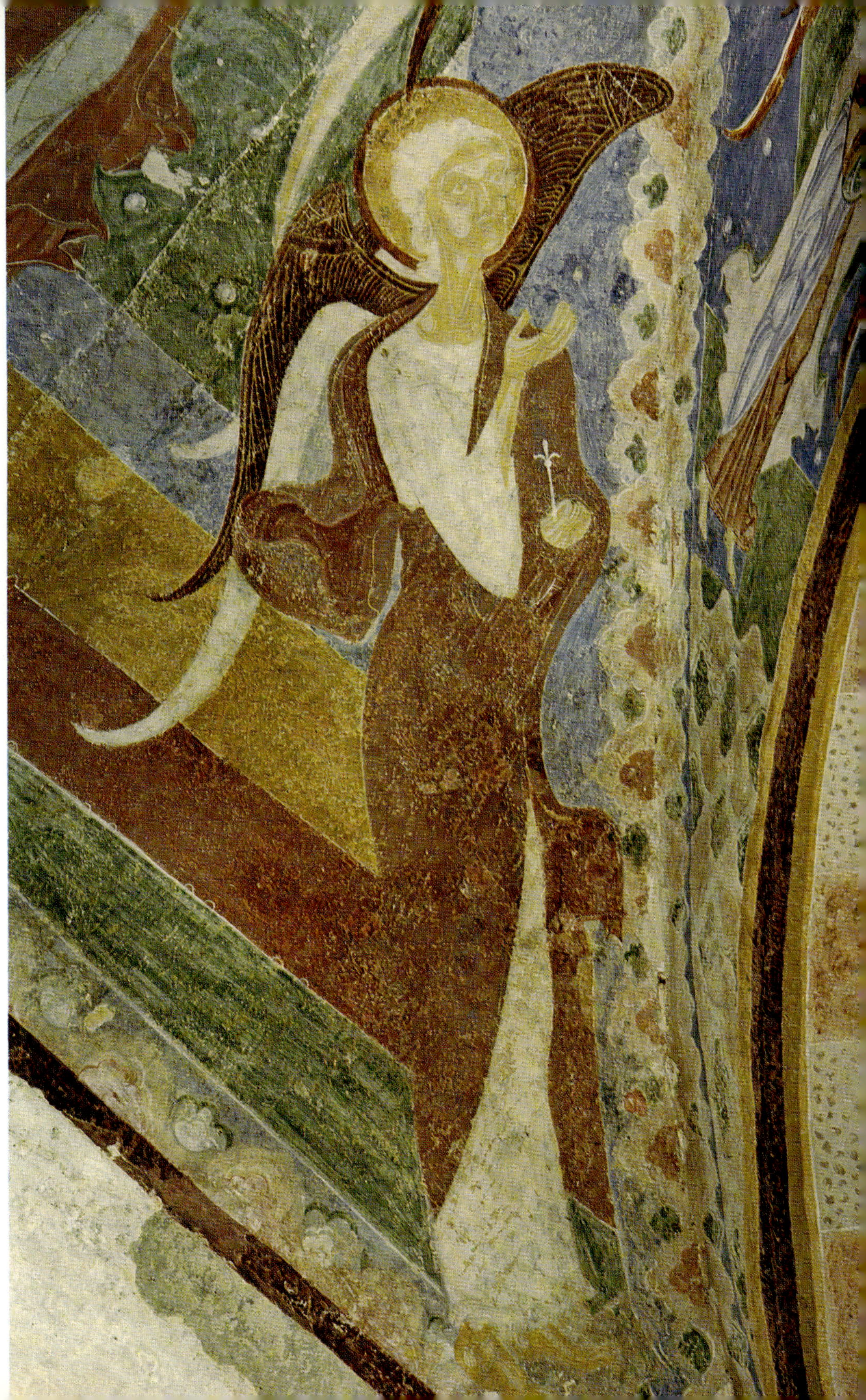

◁ Ausschnitt, rechts oberhalb des Kopfes große Retusche von 1927.

Östlicher Engel der Nordkappe.

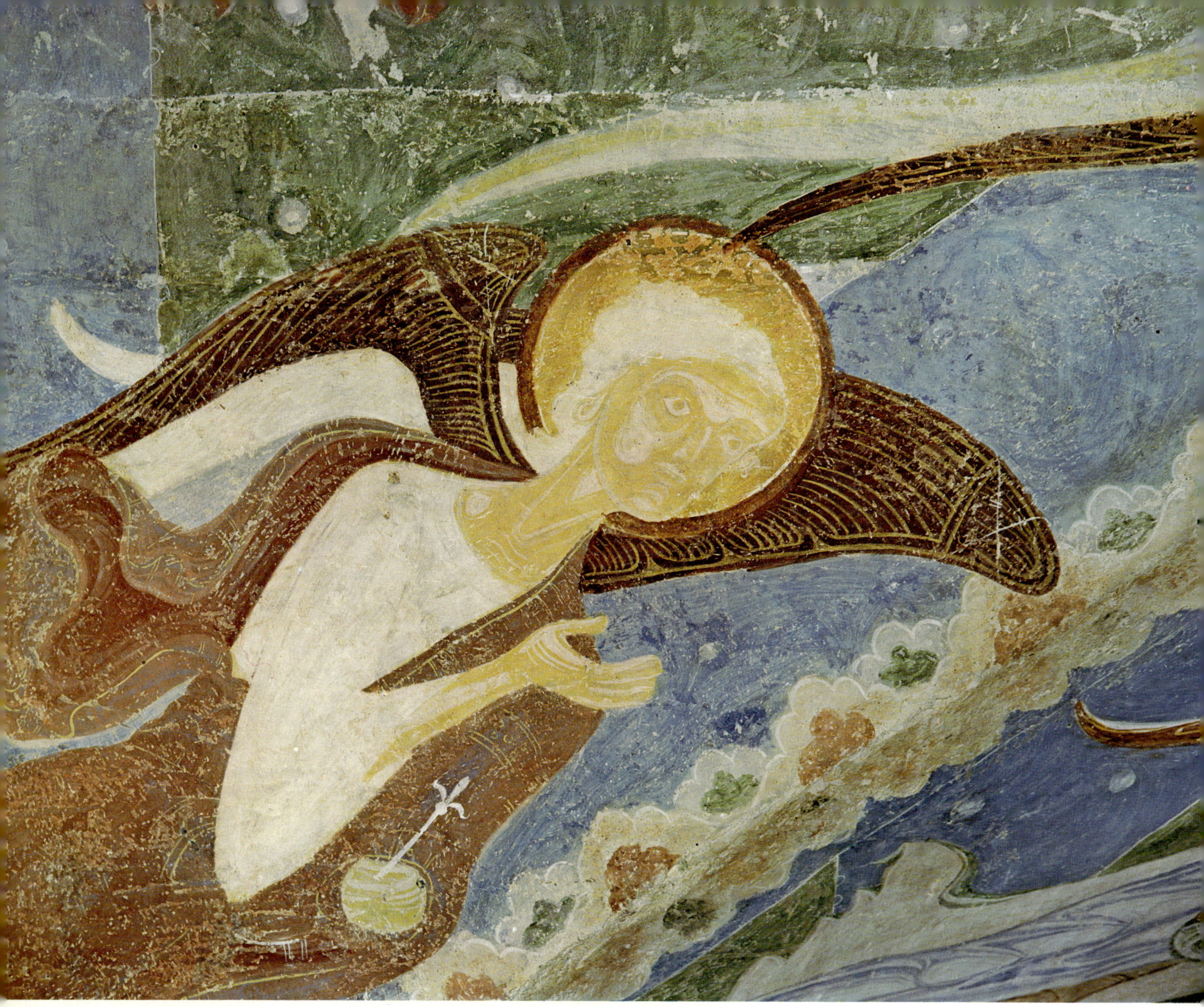

Ausschnitt, stark beschädigt.

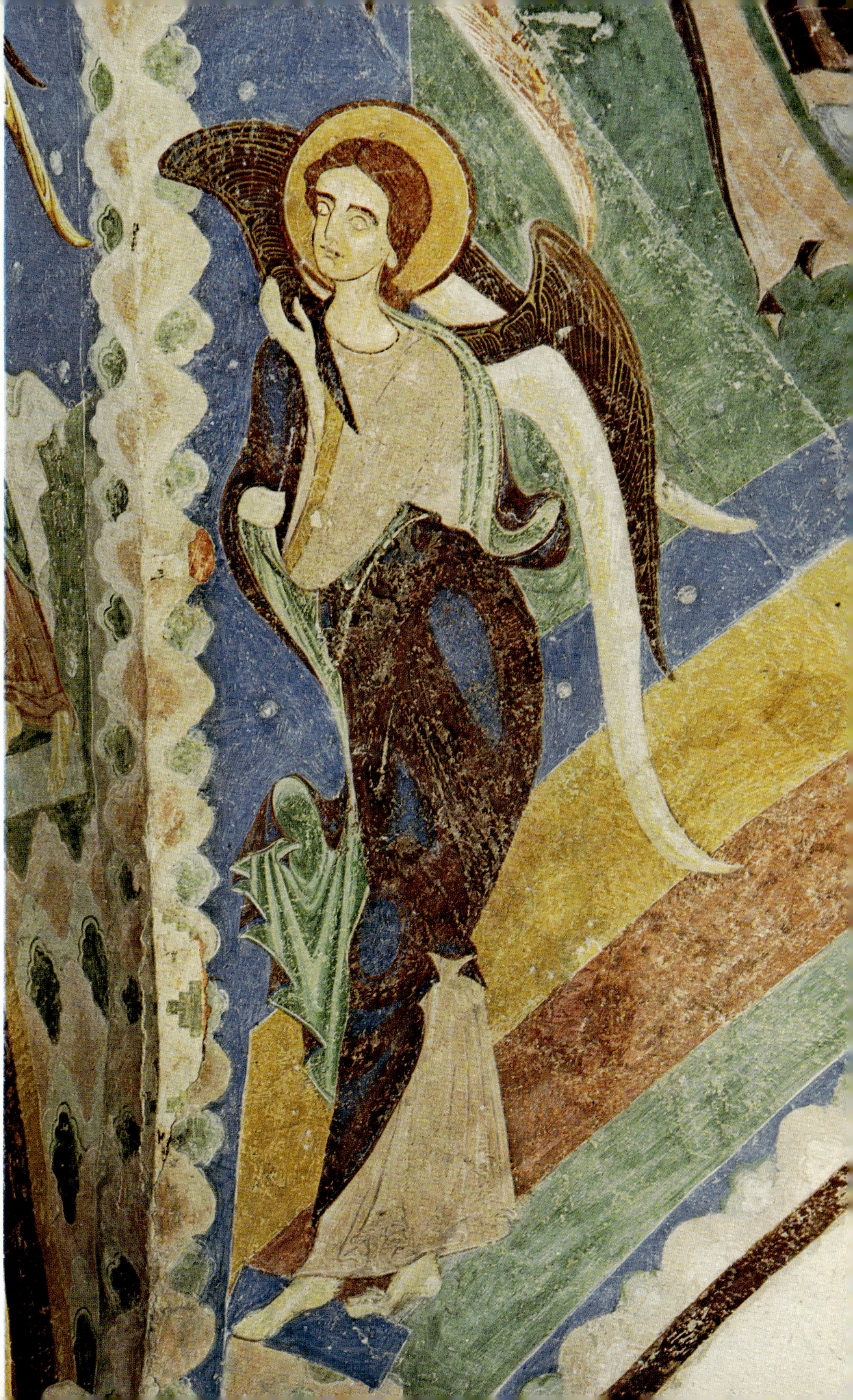

ıdkappe, östlicher Engel. Der eigenwillig
ıfgeworfene Mantelbausch läßt Ähnlichkeiten
ıit Gewandformen der Malereien in der Unterkirche
on Schwarzrheindorf erkennen.

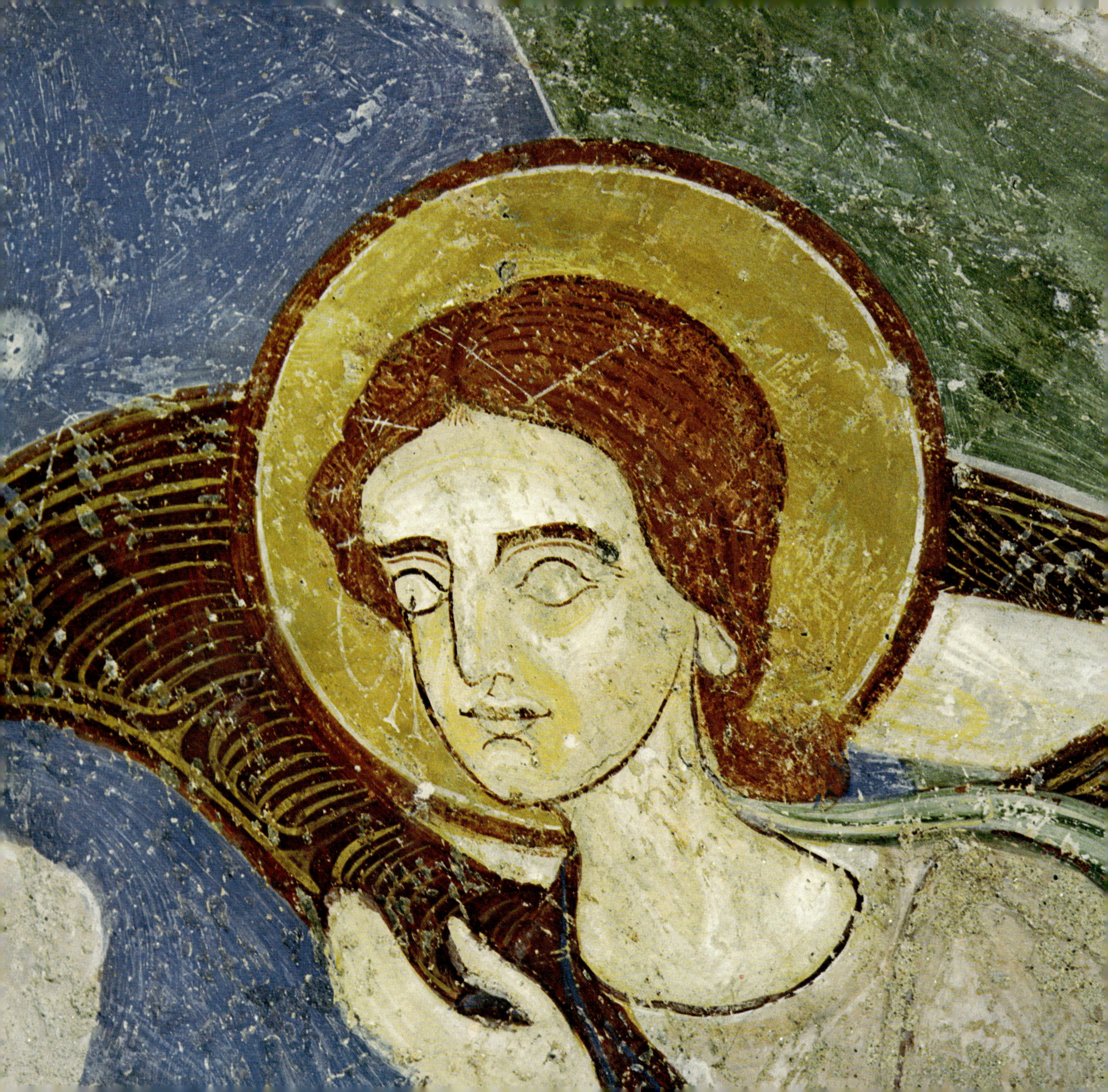

◁ Ausschnitt

Mittlerer Engel der Nordkappe, wie alle folgenden Malereien nie übertüncht und 1980 nach Abbruch der Gruftmauern wieder ans Licht gekommen.

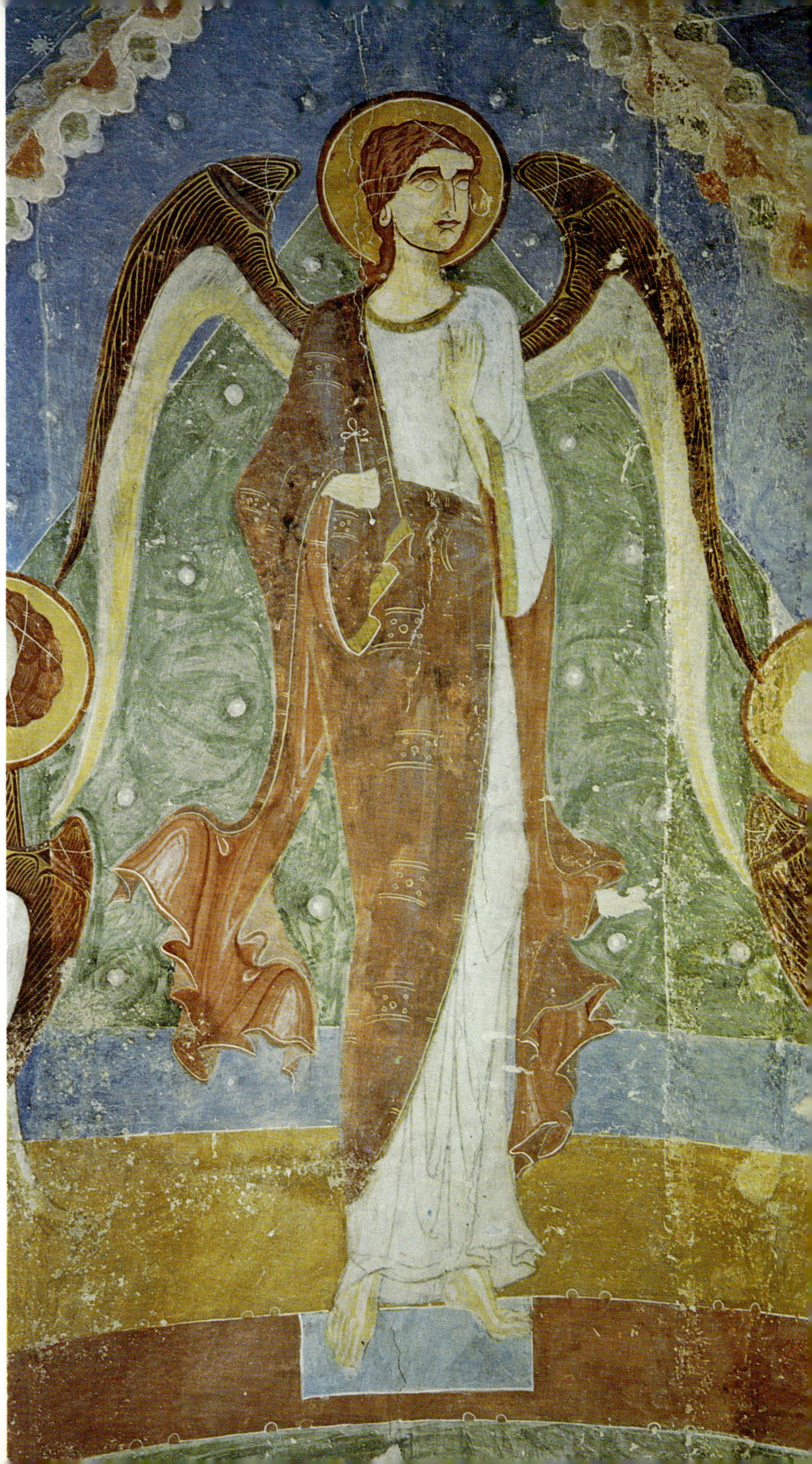

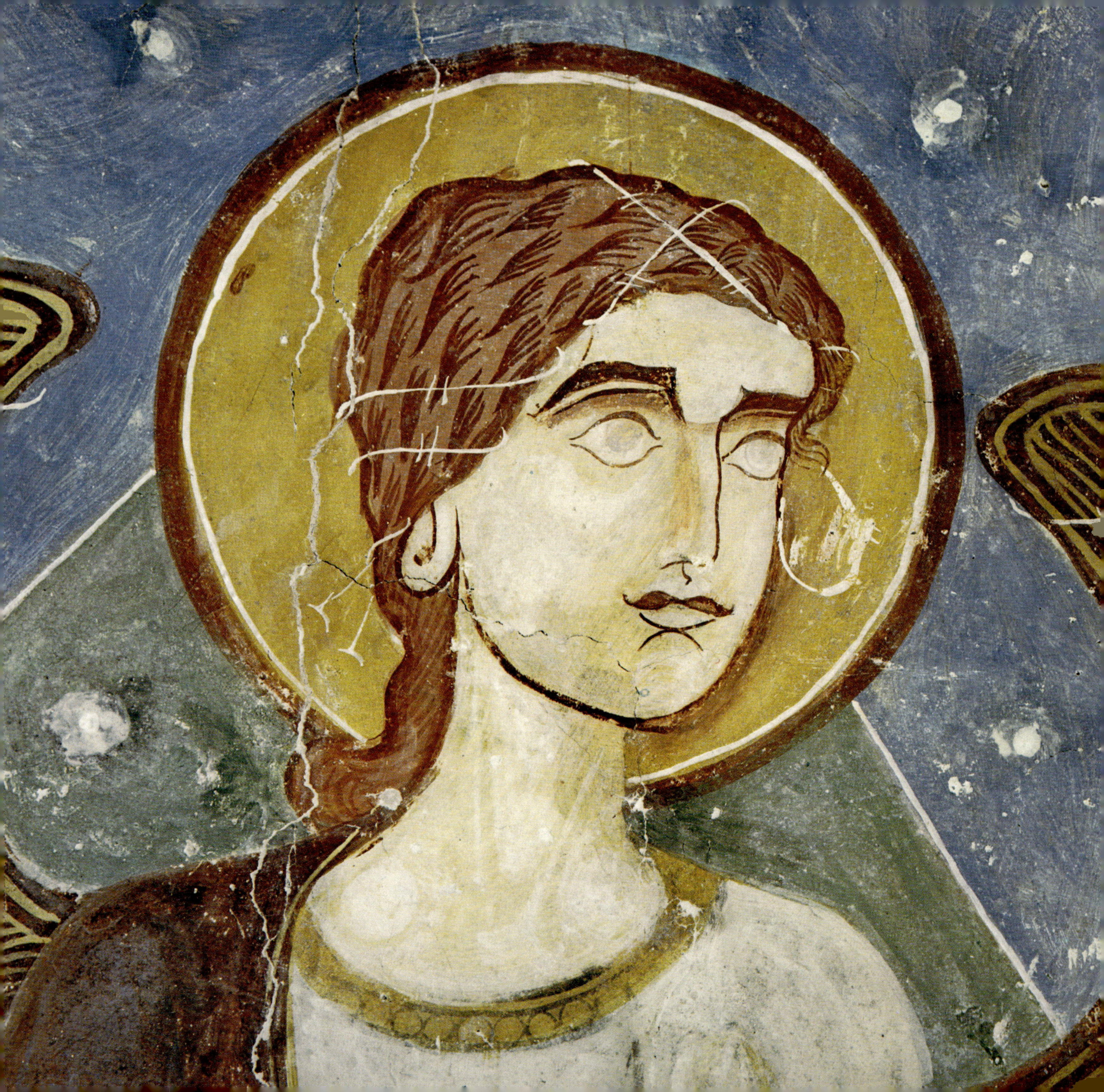

◁ In graphischer Feinheit gemalte Haarbänder (Tänien)

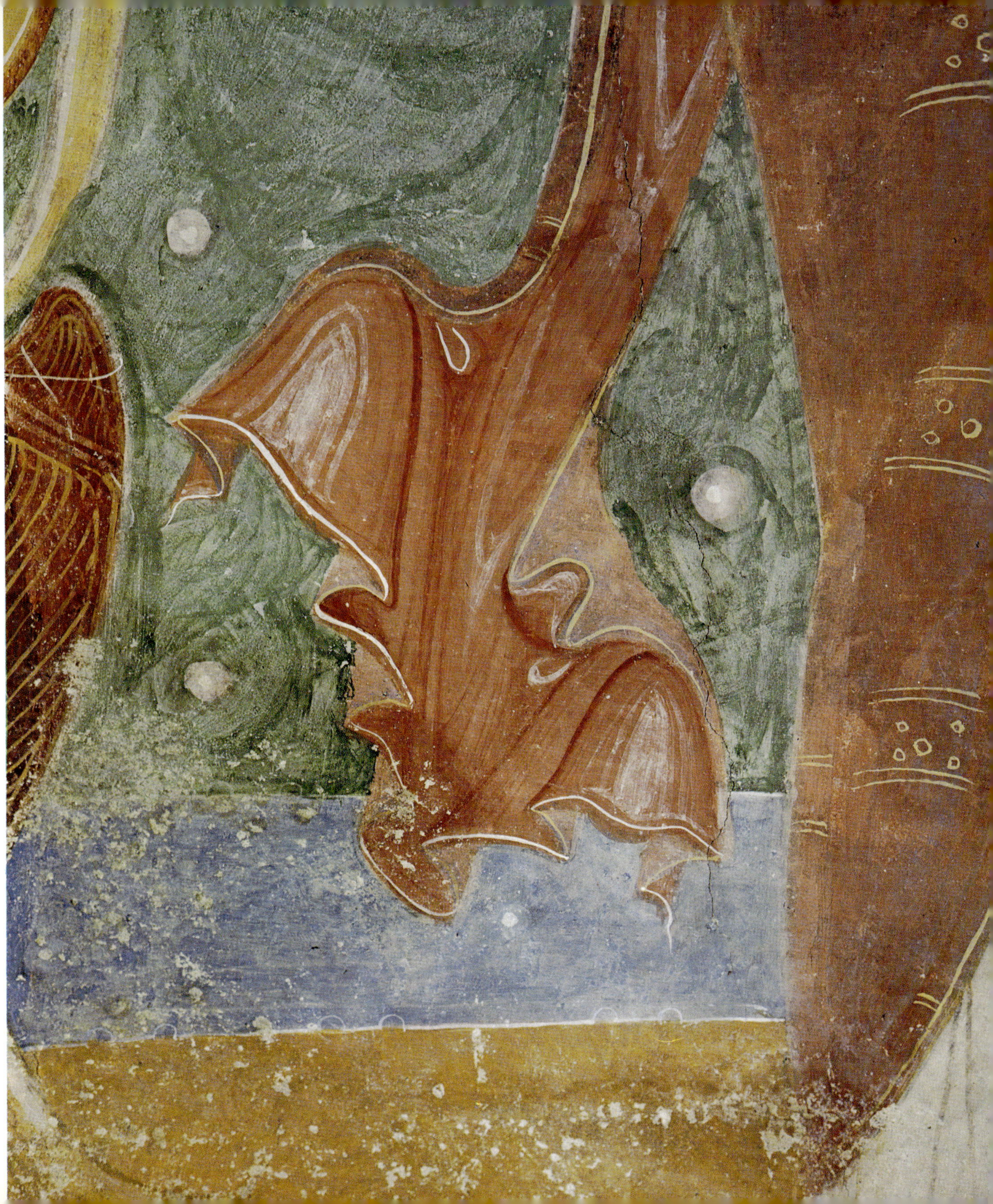

Flatternder Mantelzipfel und Textilmuster

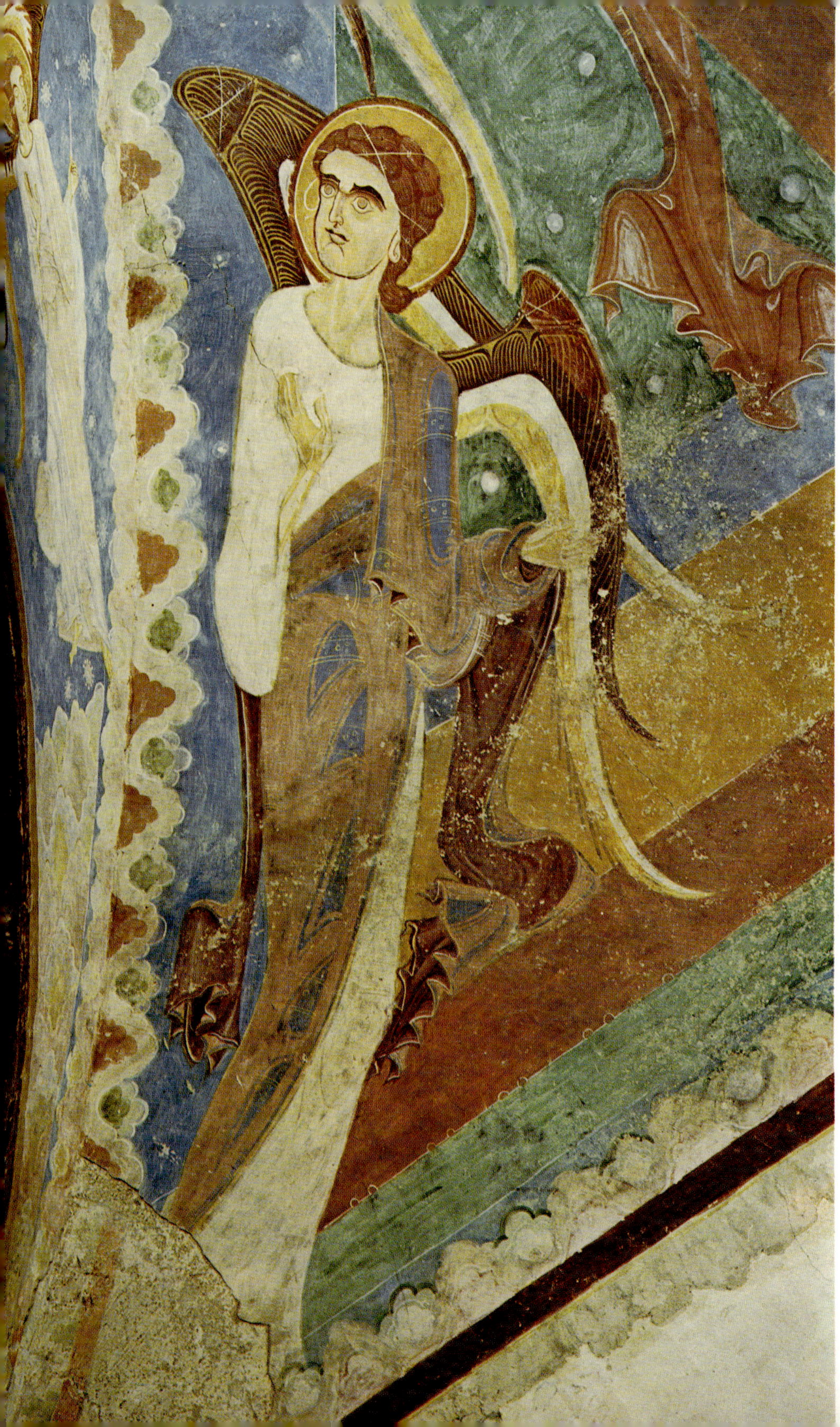

Als einziger blickt der westliche Engel der Nordkappe nicht zur Apsis, sondern nach Westen.

Elegante Binnenzeichnung der Flügel und Haare, blaue Lichter am Mantel. ▷

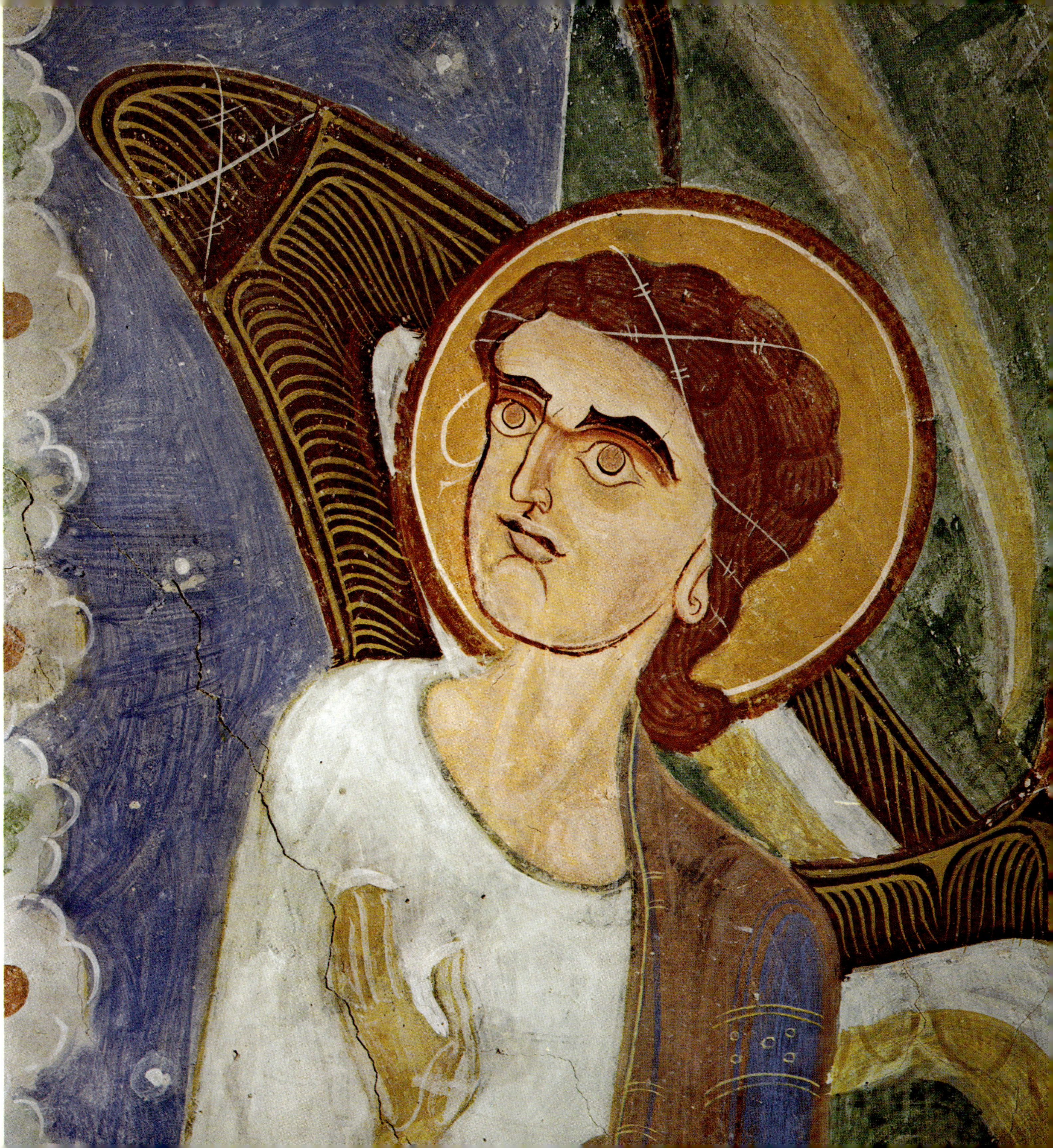

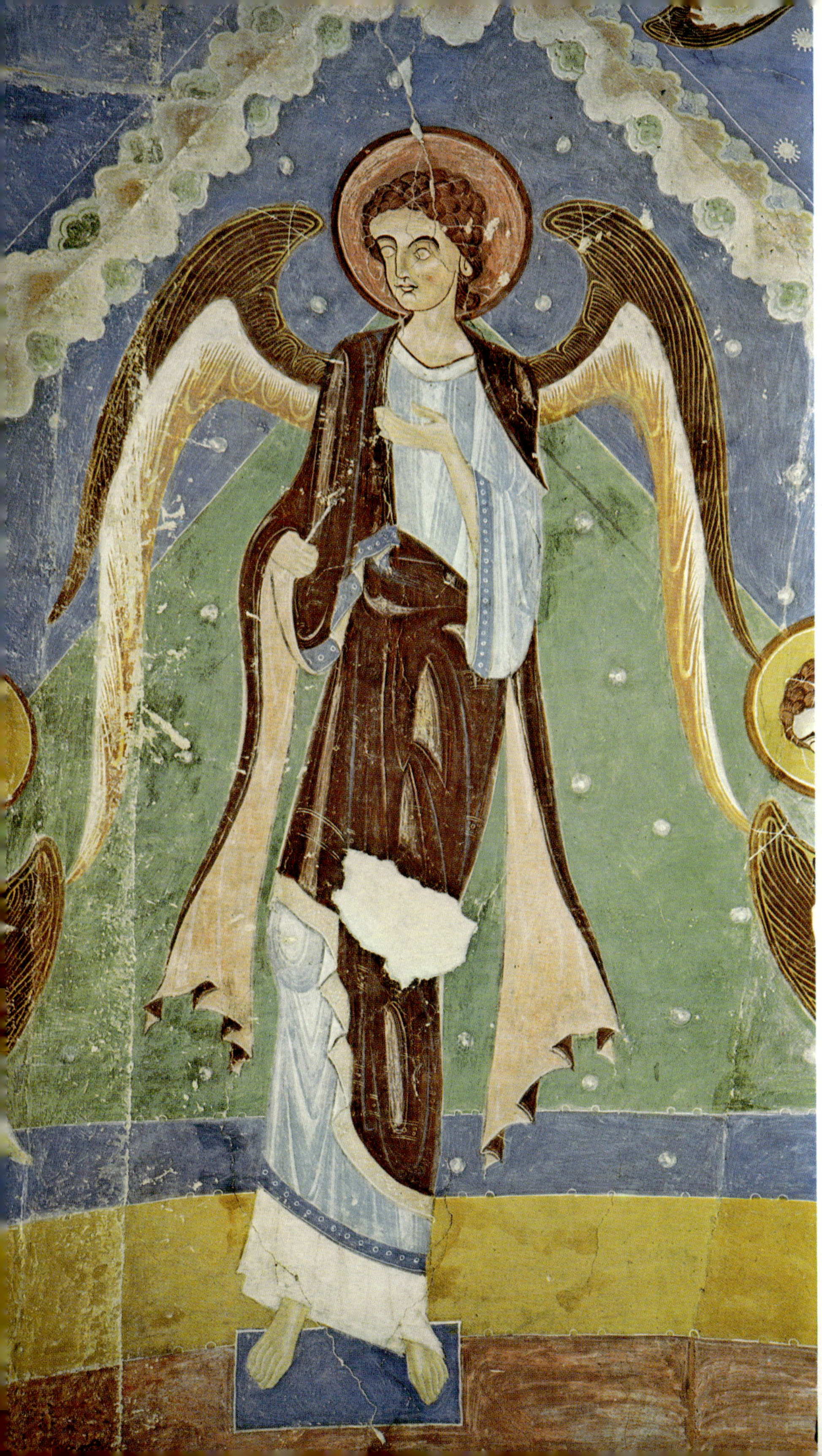

Mittlerer Engel der Südkappe

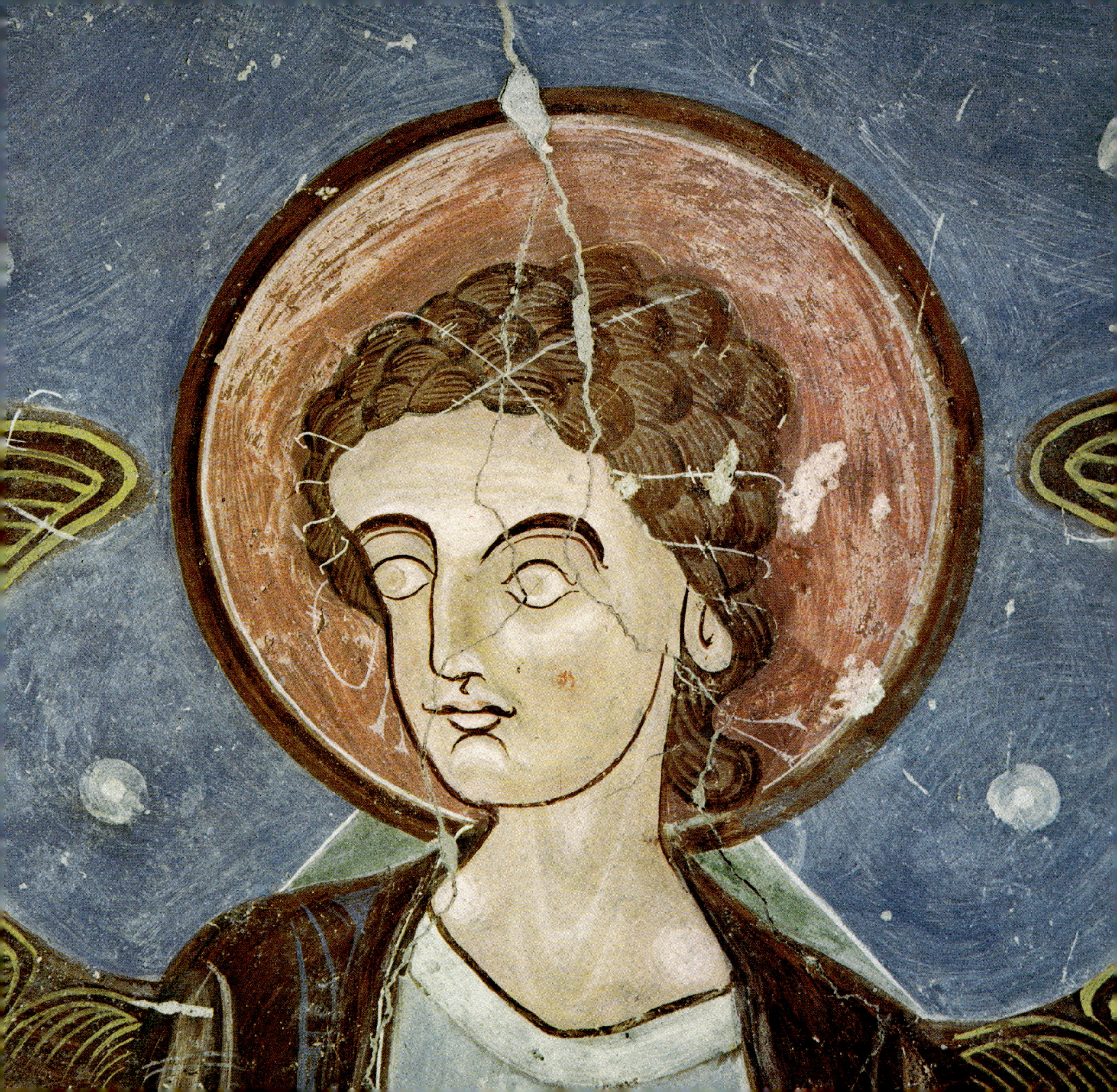

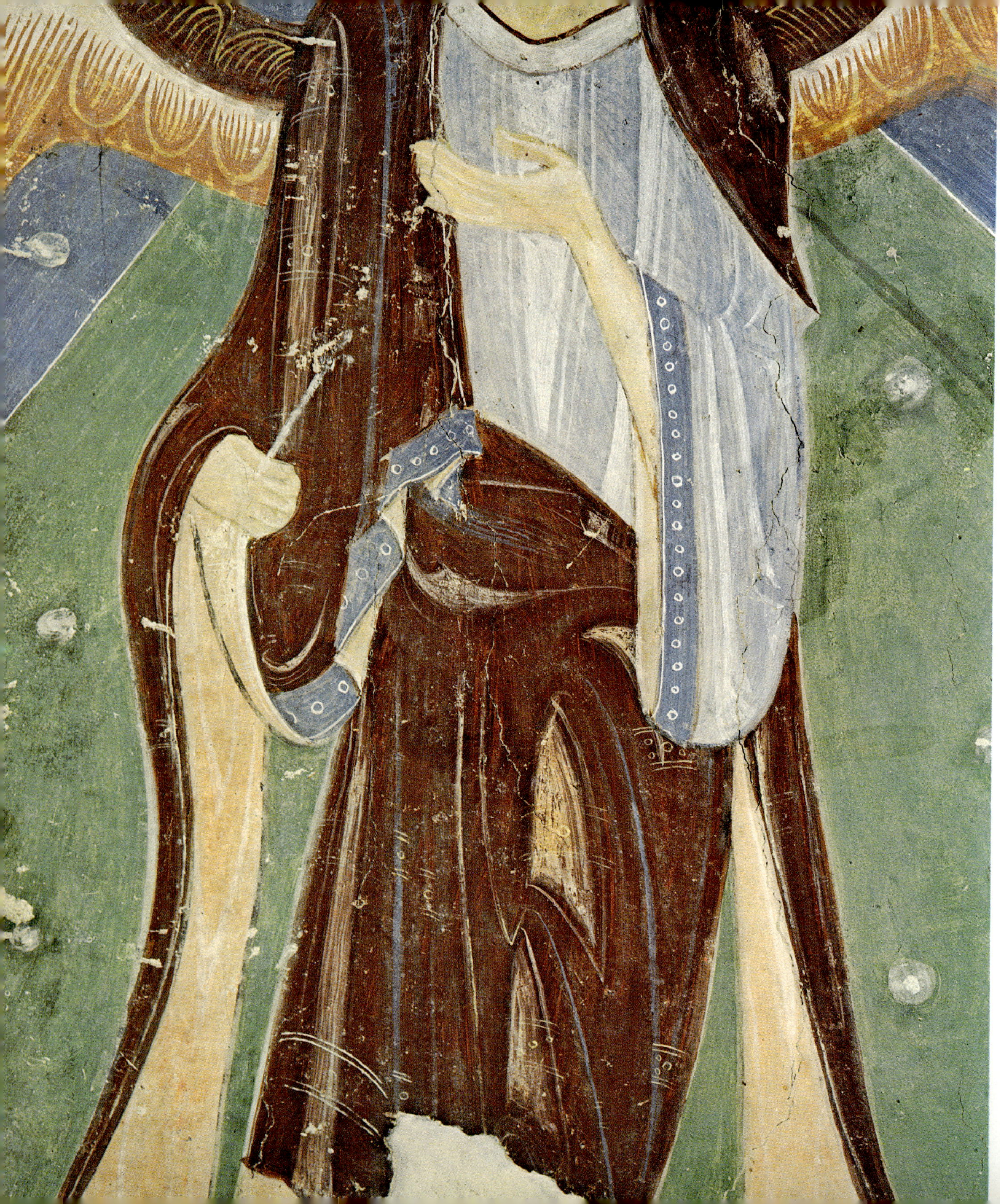

Mit hellen Lichtern und blauen Schatten modellierte Gewandpartie.

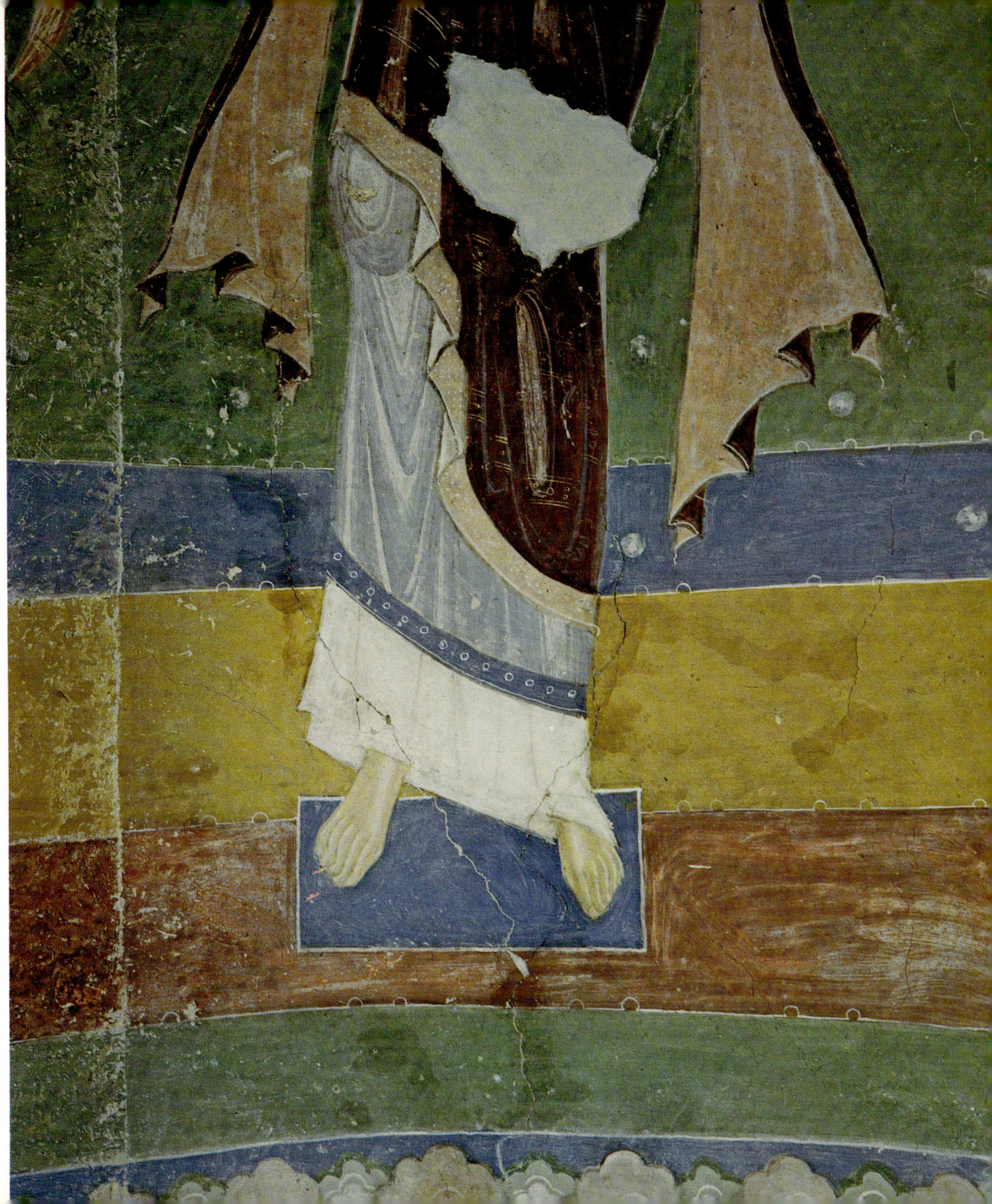

An den Rändern der Nord- und Südkappe wird der Streifengrund der Hauptapsis wieder aufgenommen. Weiße Linien mit halbkreisförmigen Lappen trennen die einzelnen Farbflächen.

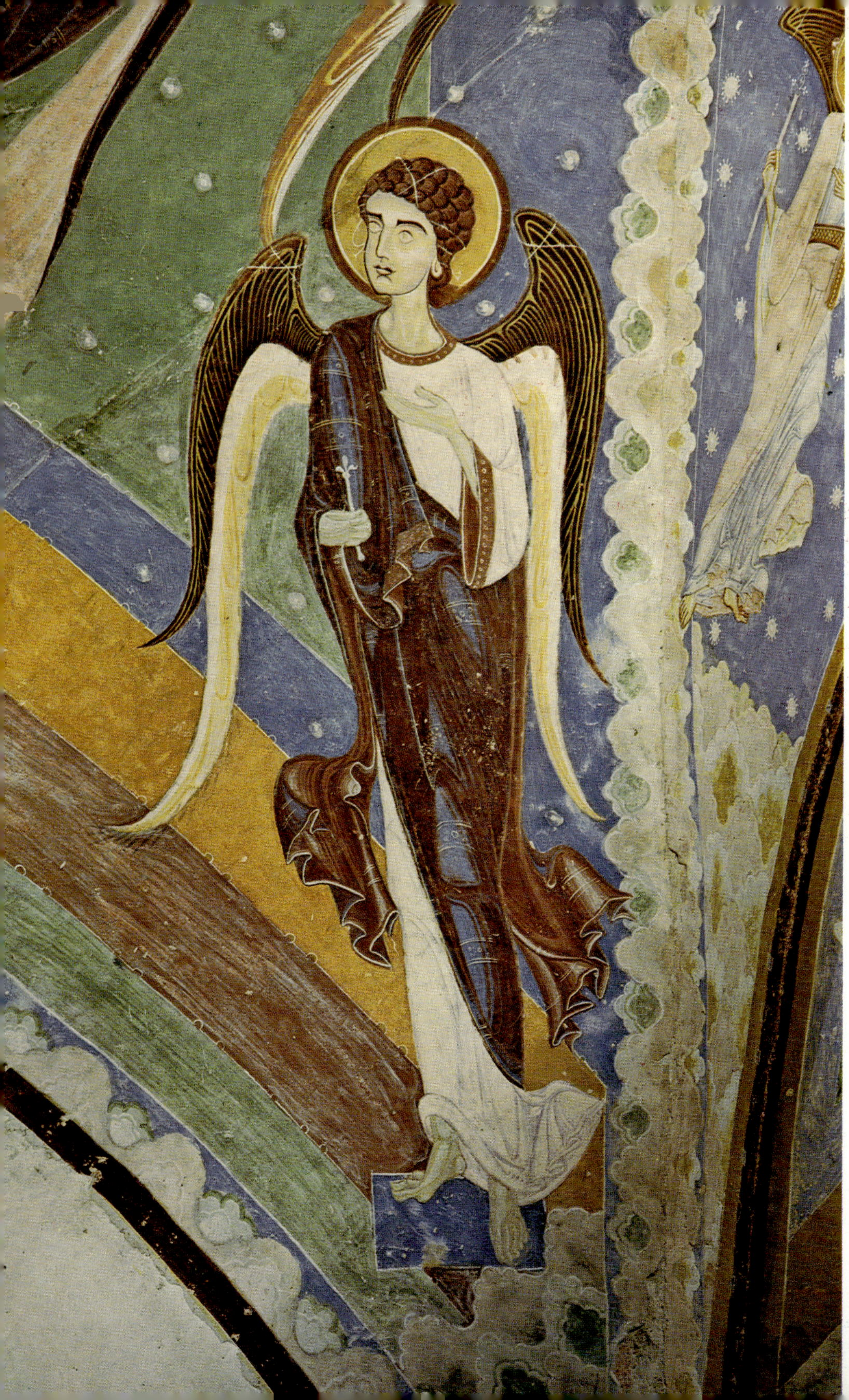

Südkappe, westlicher Engel. Die farbig abgestuften Wolkenbänder an den Graten und Wolkenberge in den Zwickeln gliedern und kennzeichnen das Himmelsgewölbe.

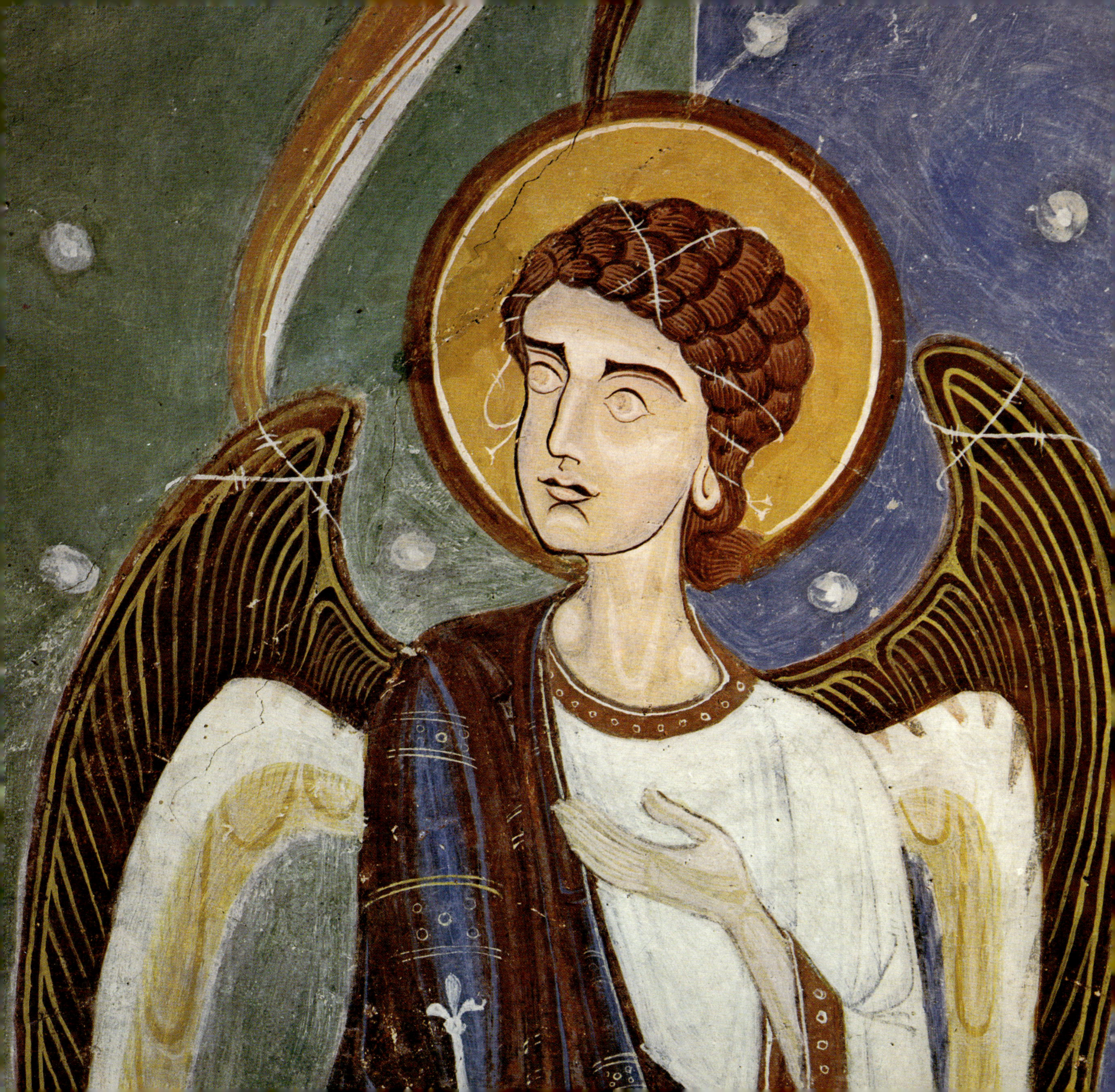

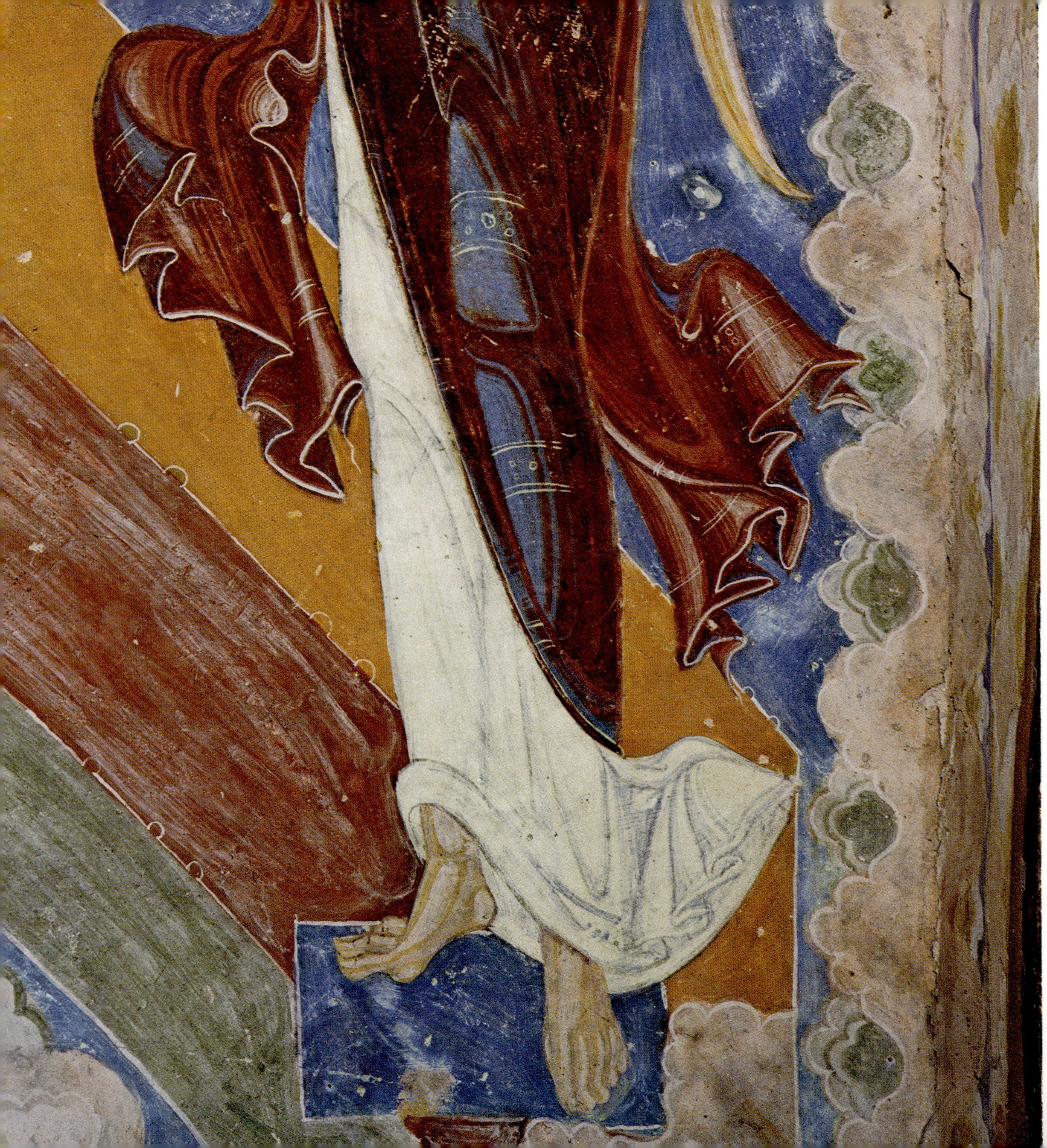

Das gleichsam im Sturmwind flatternde Gewand hebt sich von der hieratischen Ruhe der Gestalt ab.

Ausschnitt ▷

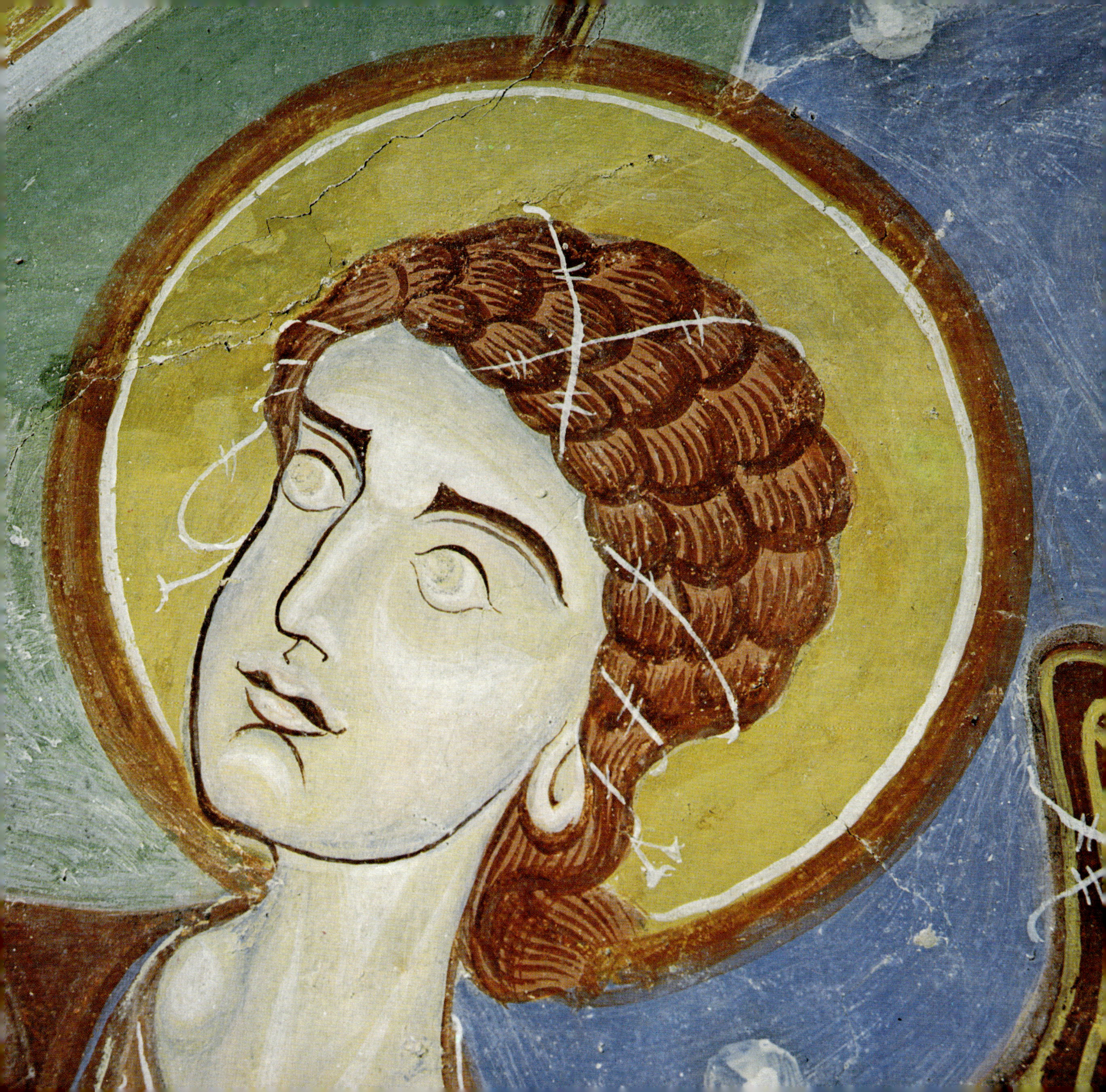

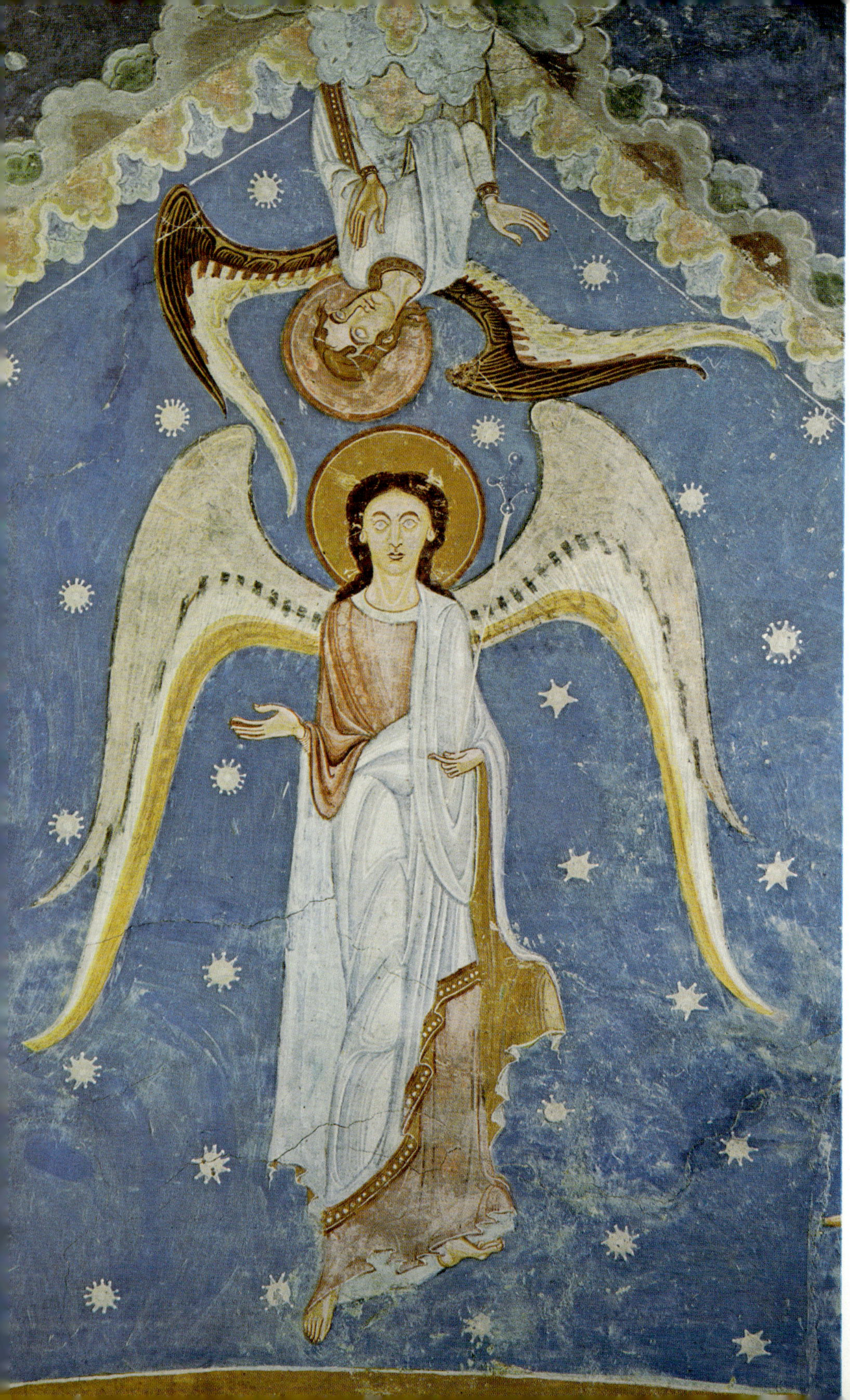

Mittlerer Engel der Westkappe, zusammen mit dem entsprechenden Engel im Osten als einzige frontal dargestellt.

Die blaue Farbe der Augen ist hier ausnahmsweise erhalten.

▷

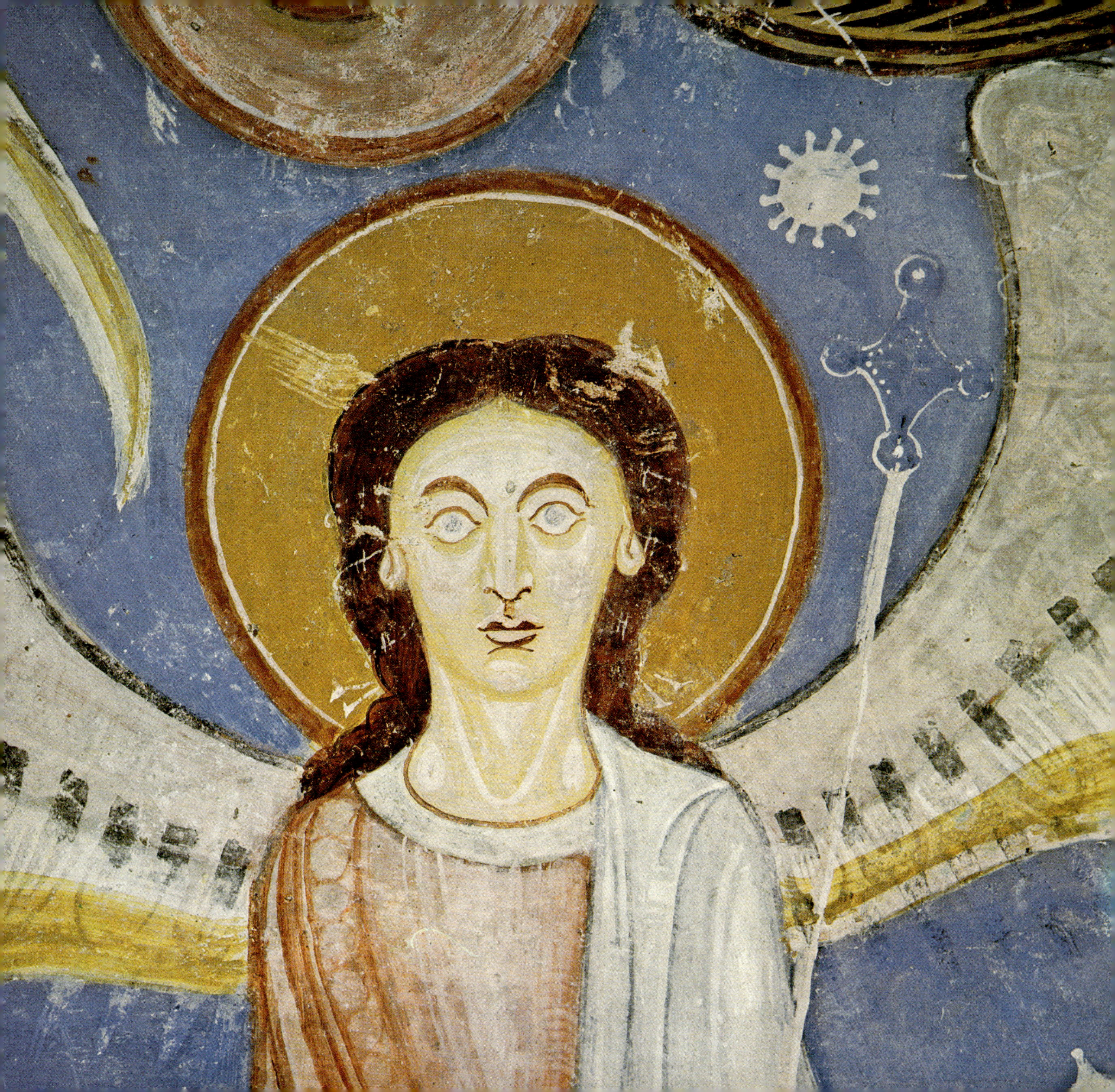

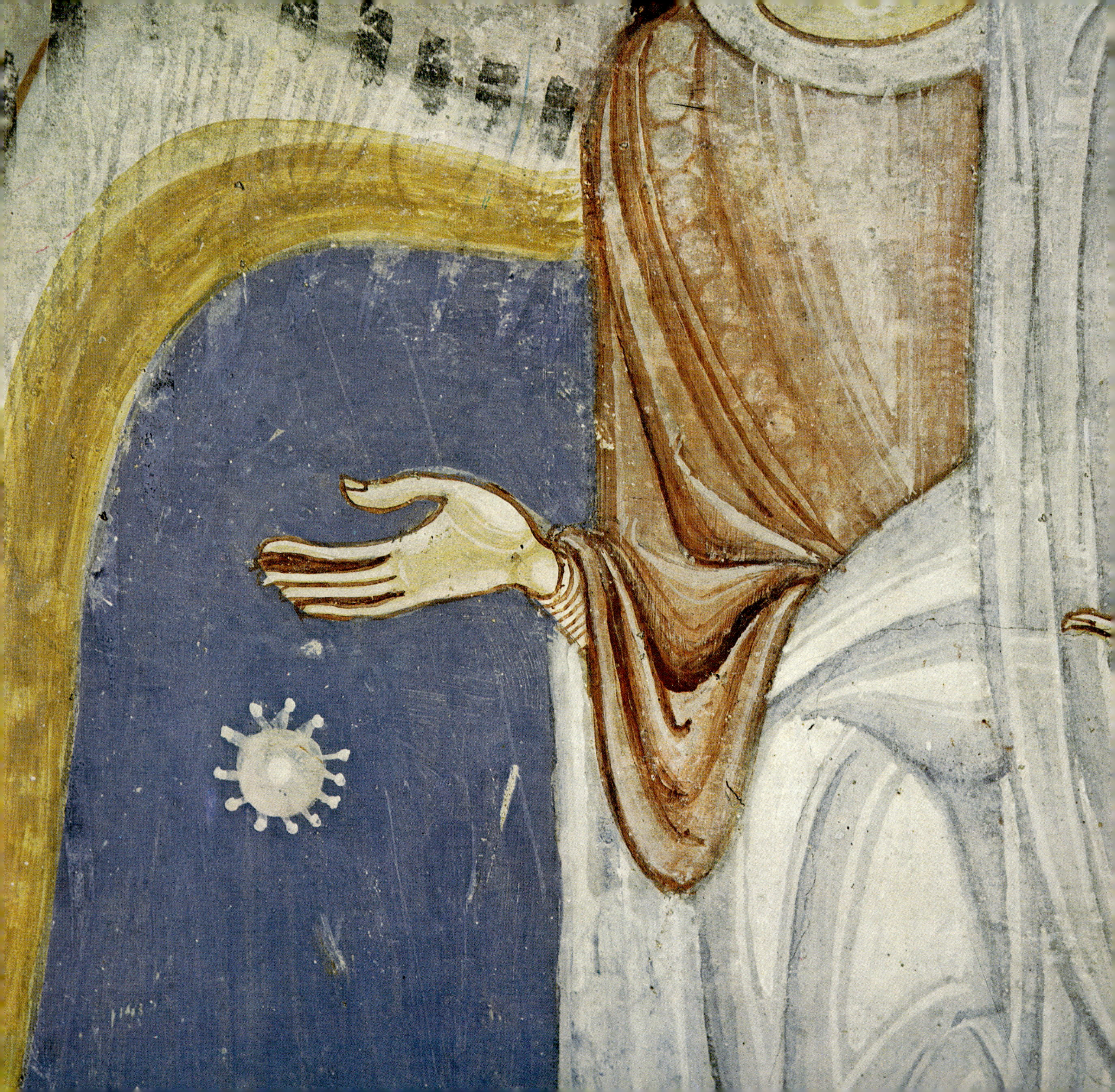

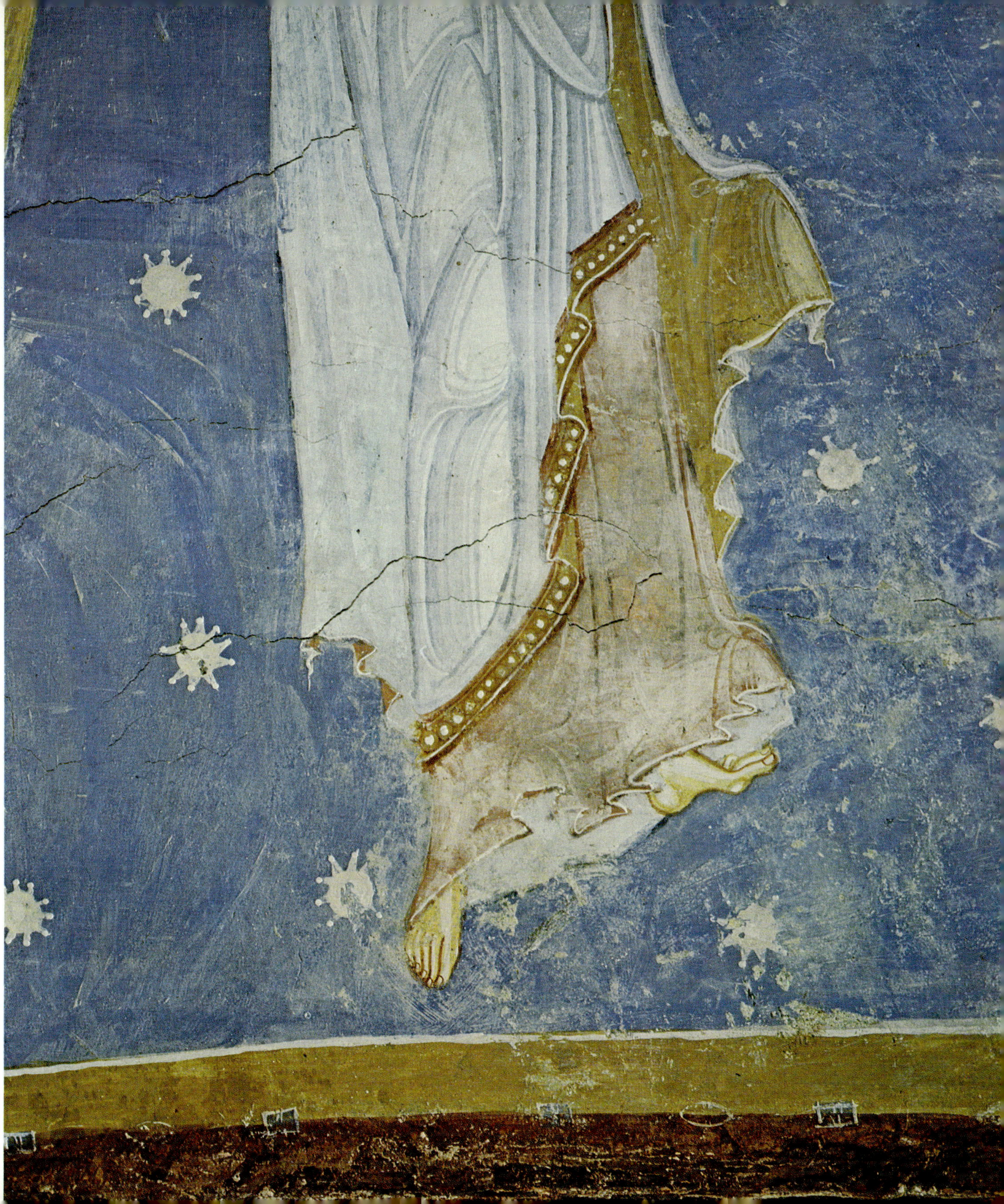

Ausschnitt

ie Engel der Westkappe
sitzen keine farbigen
andflächen, sondern
hweben frei im Raum.
nten die gemalten Edelsteine
der Trennlinie des
estlichen Gewölberahmens.

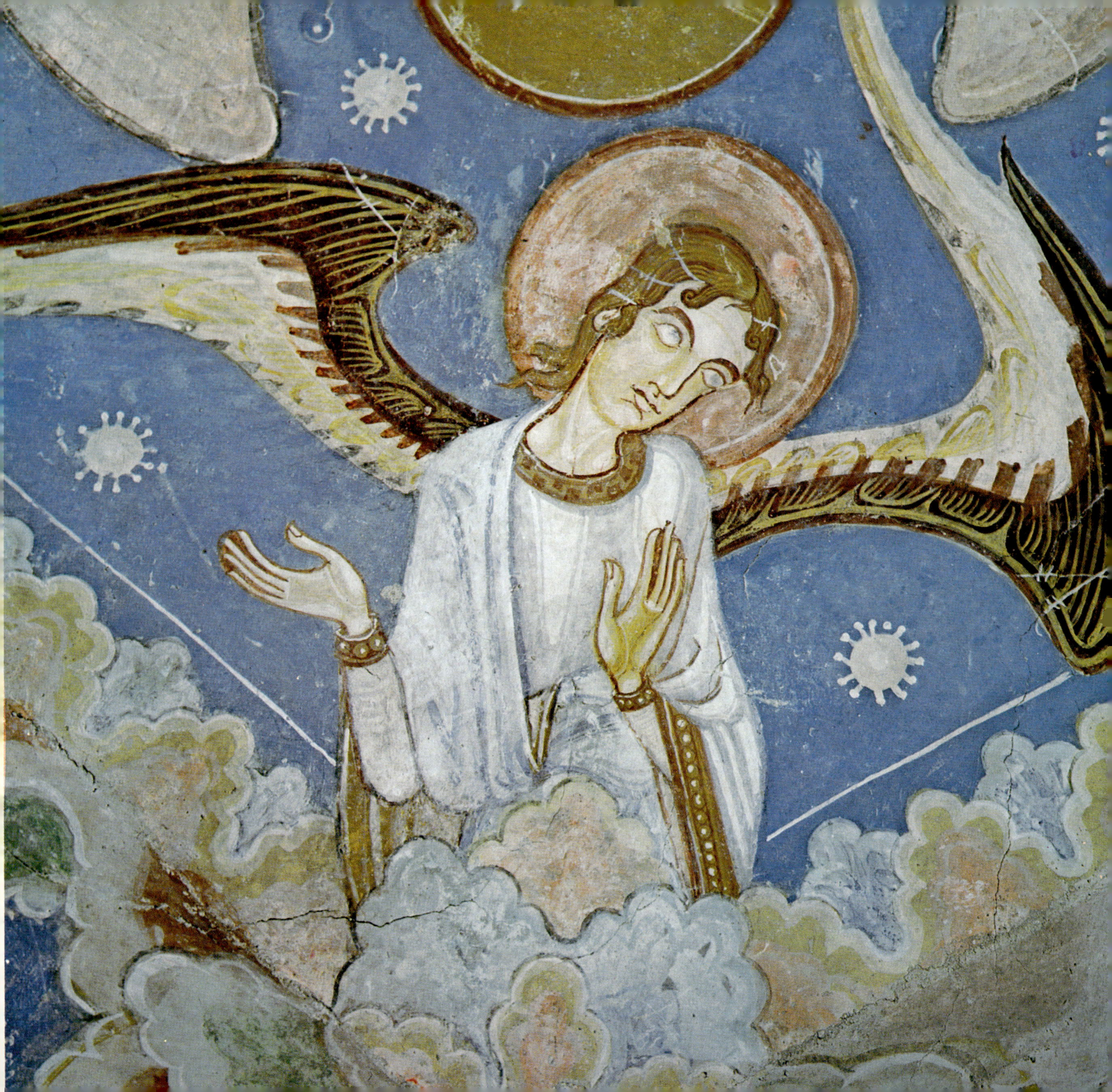

◁ Nur in der Westkappe wächst aus dem Gewölbescheitel ein vierter Engel heraus.

Nördlicher Engel der Westkappe

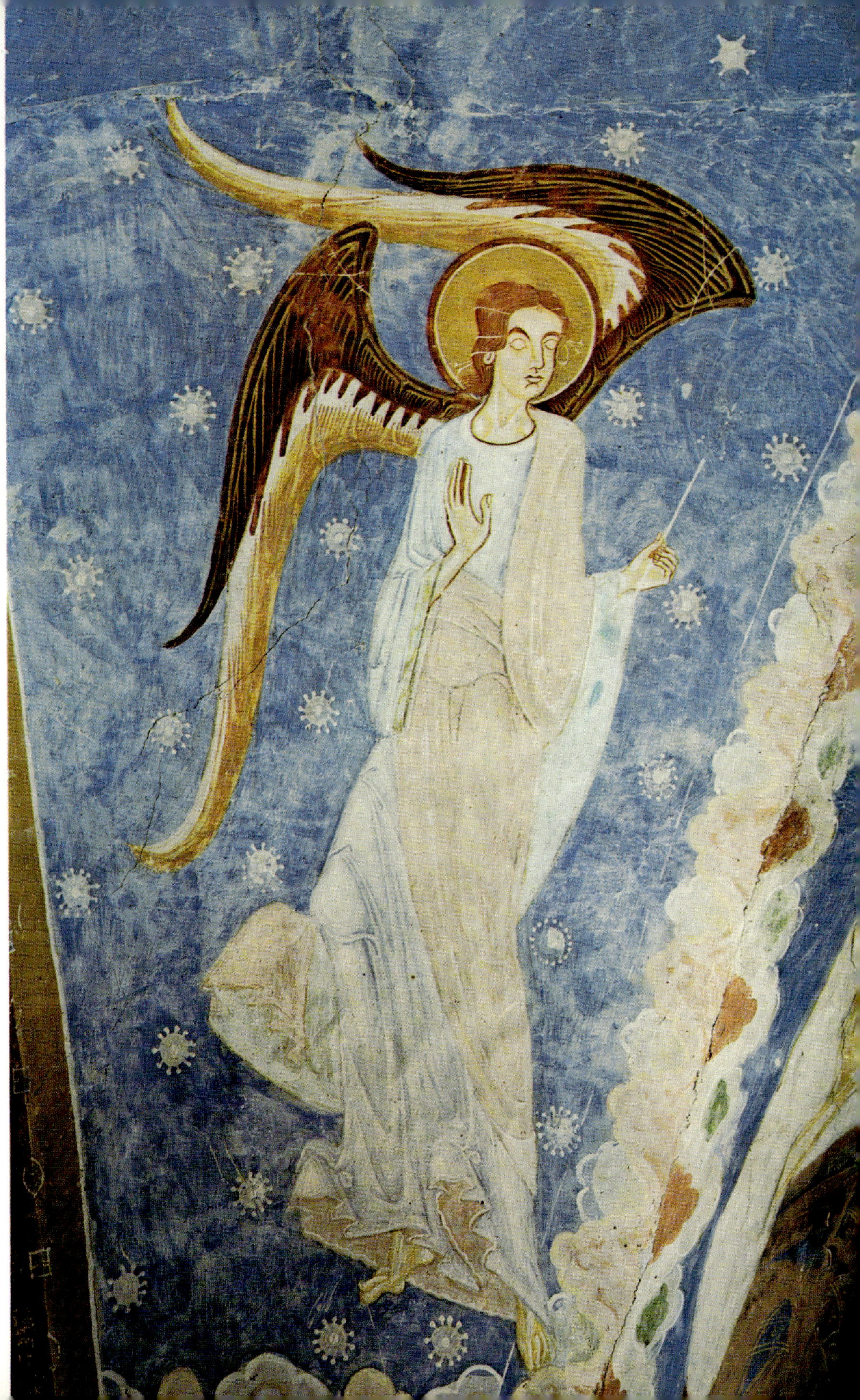

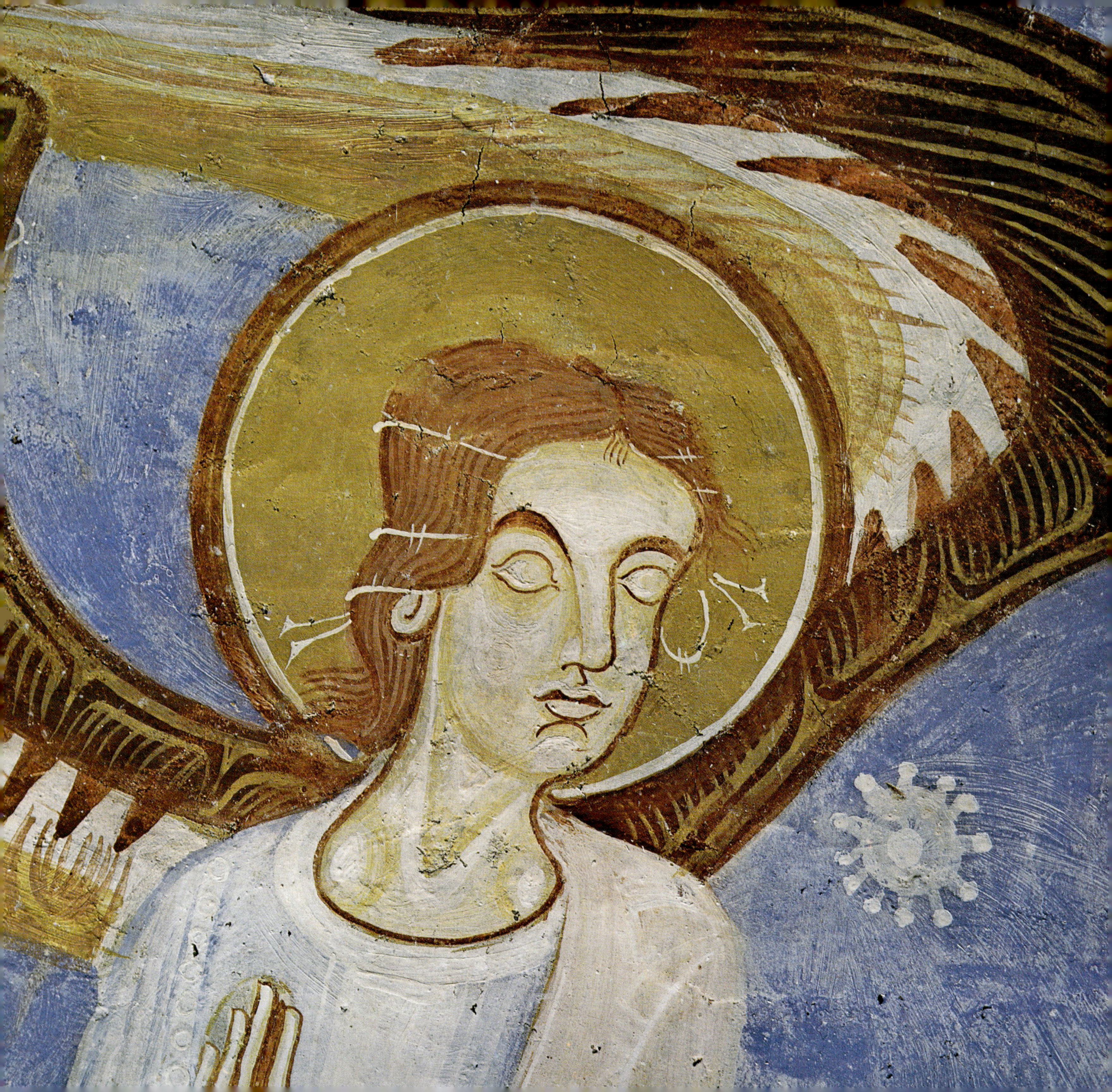

Ausschnitt

licher Engel
Westkappe

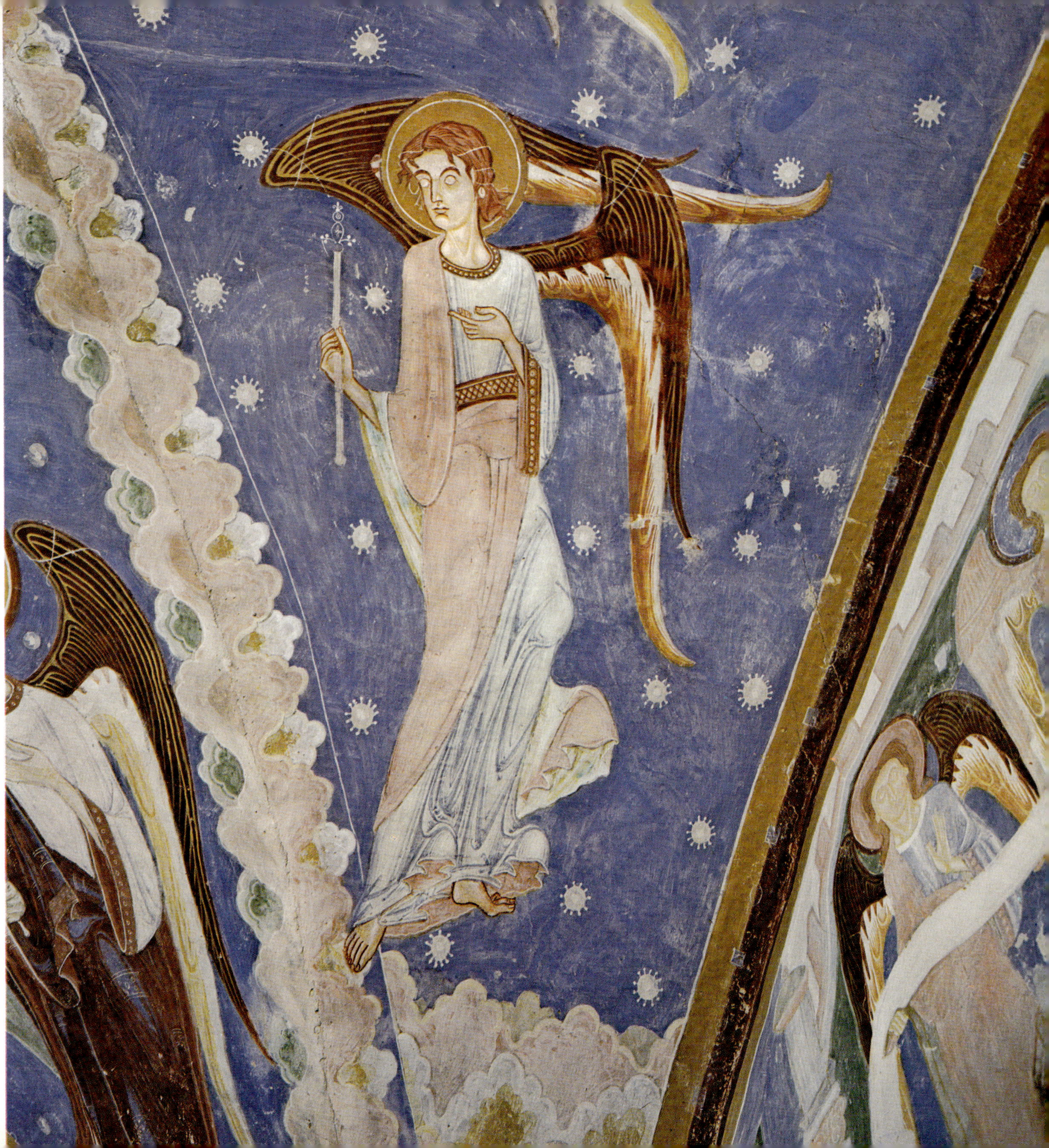

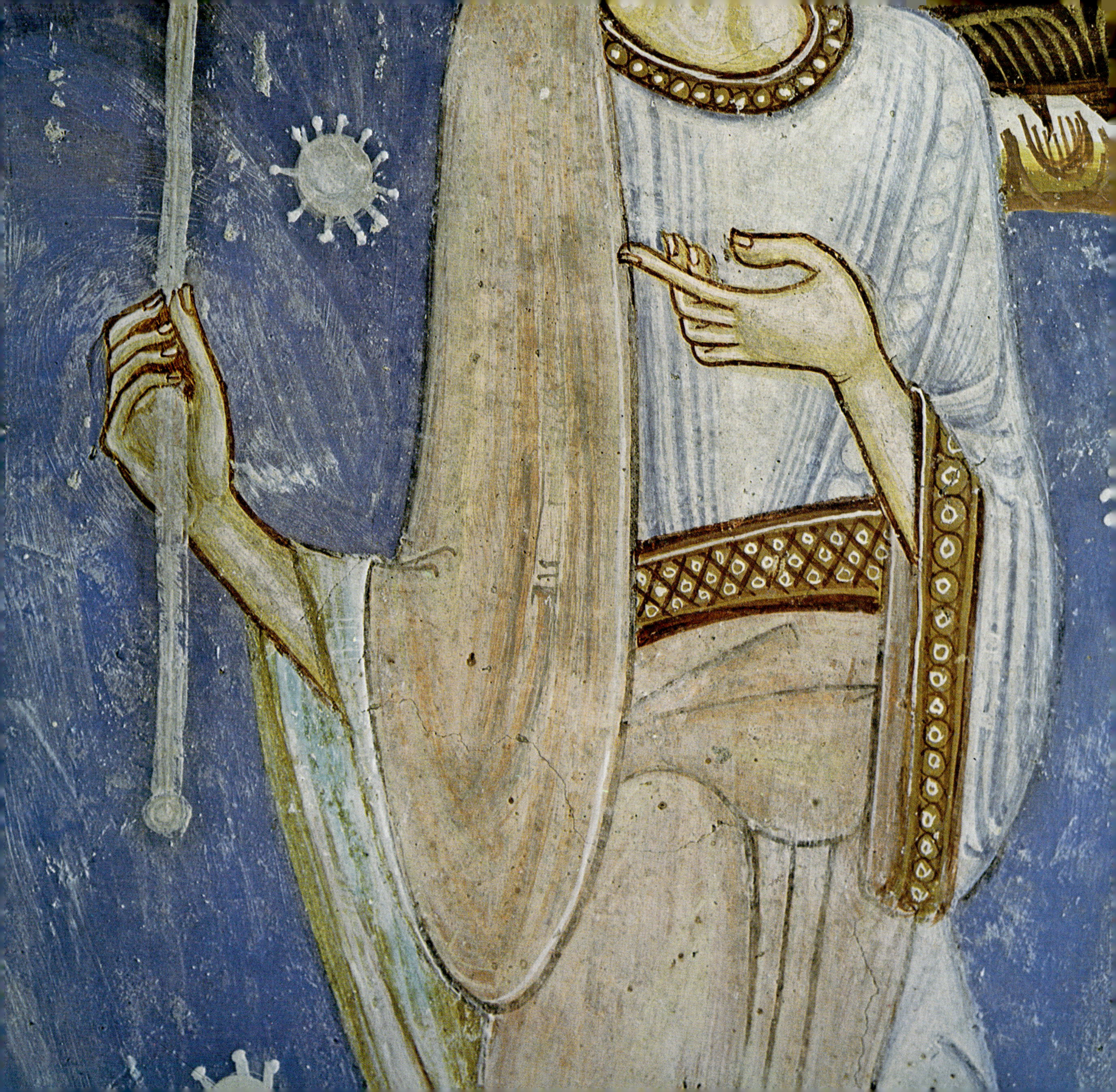

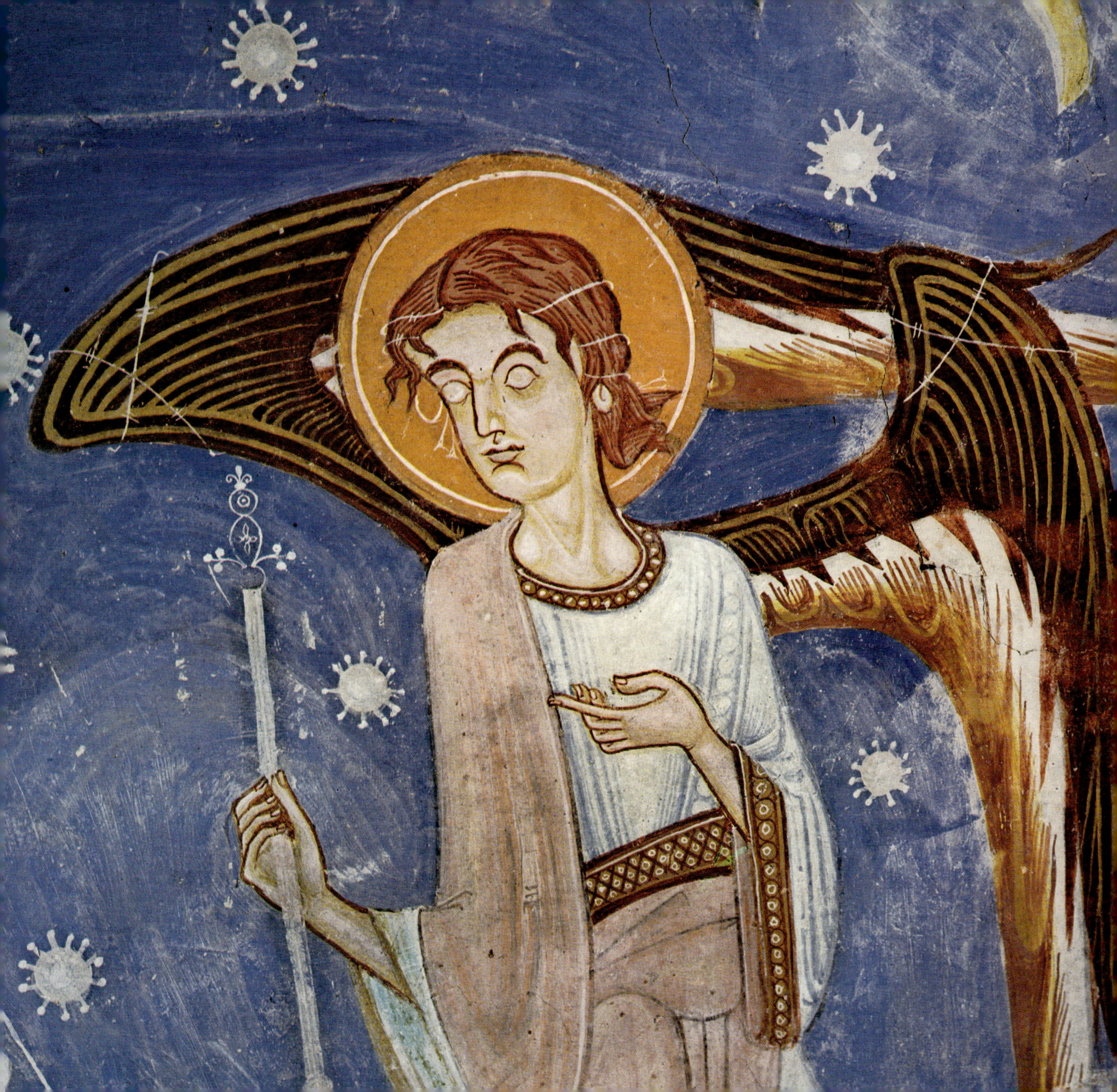

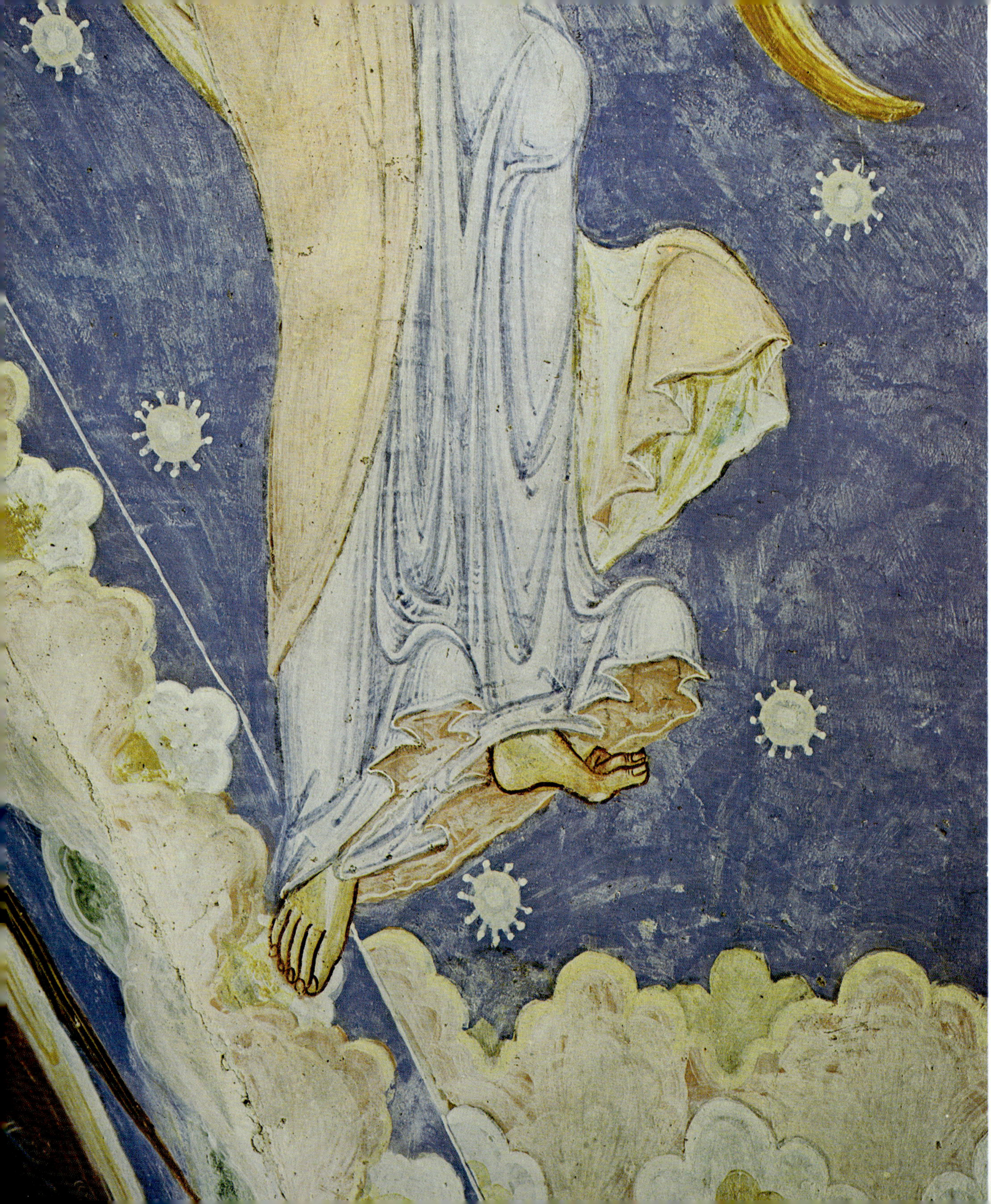

◁◁ Gewandborten und Kreuzstäbchen in besonders reicher Gestaltung

Bei beiden seitlichen Engeln der Westkappe reicht ein Fuß der schwebenden Gestalt in das Wolkenband.

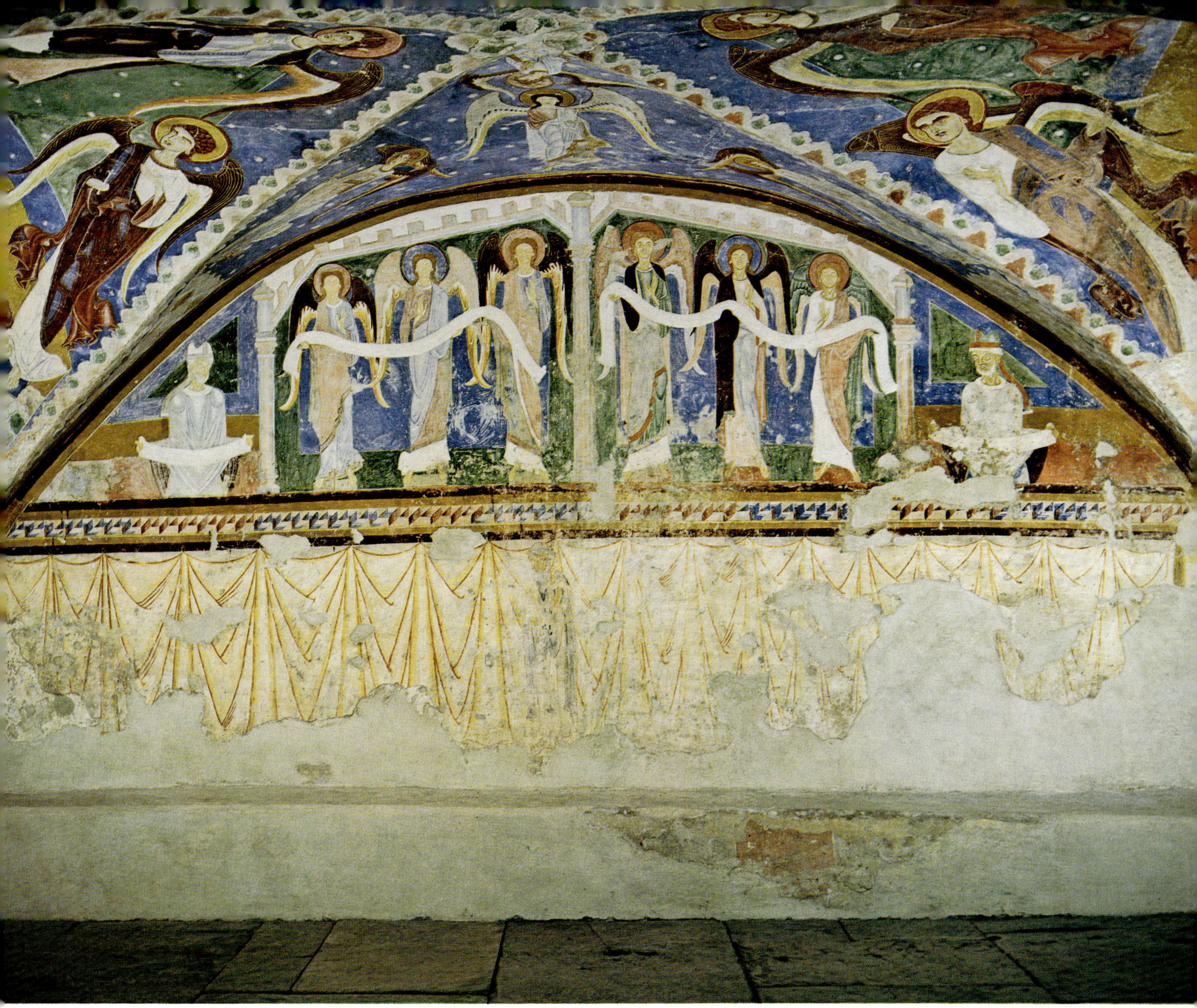

Westwand. Himmlisches Jerusalem zwischen zwei Bischöfen. Unter dem gemalten Vorhang die Priesterbank.

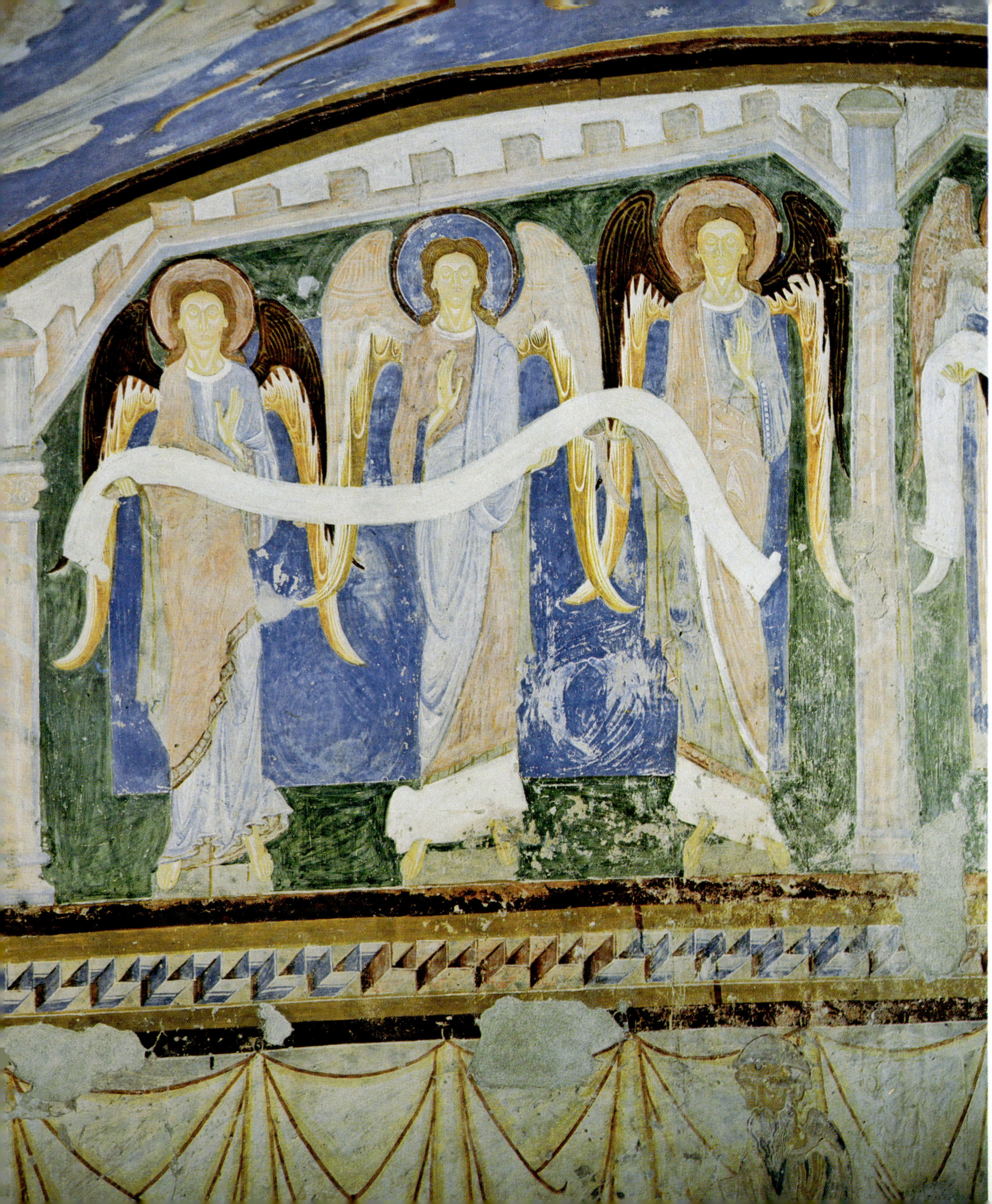

Zwei Gruppen von je drei Engeln mit leeren Schriftbändern in der ummauerten Stadt Gottes.

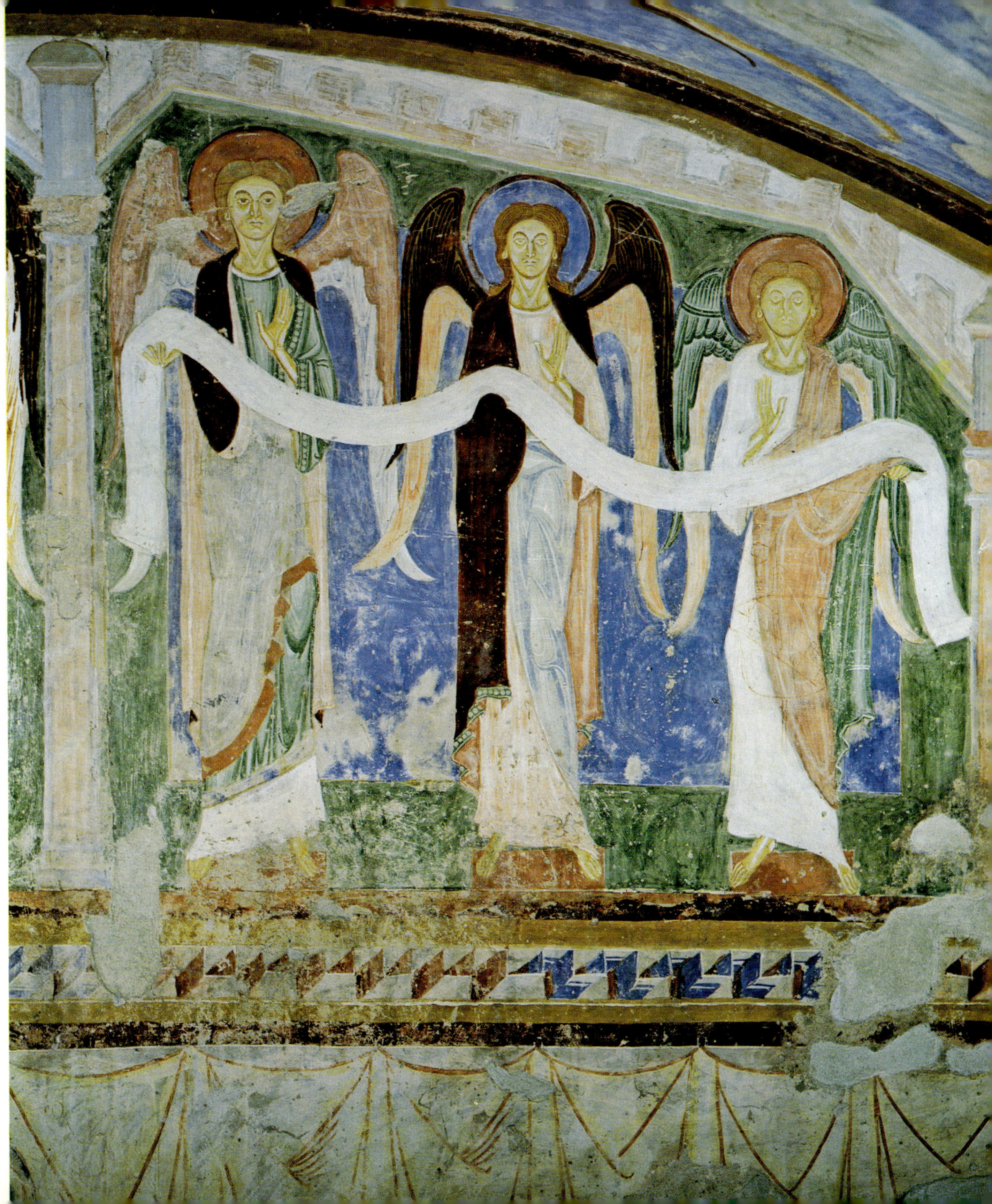

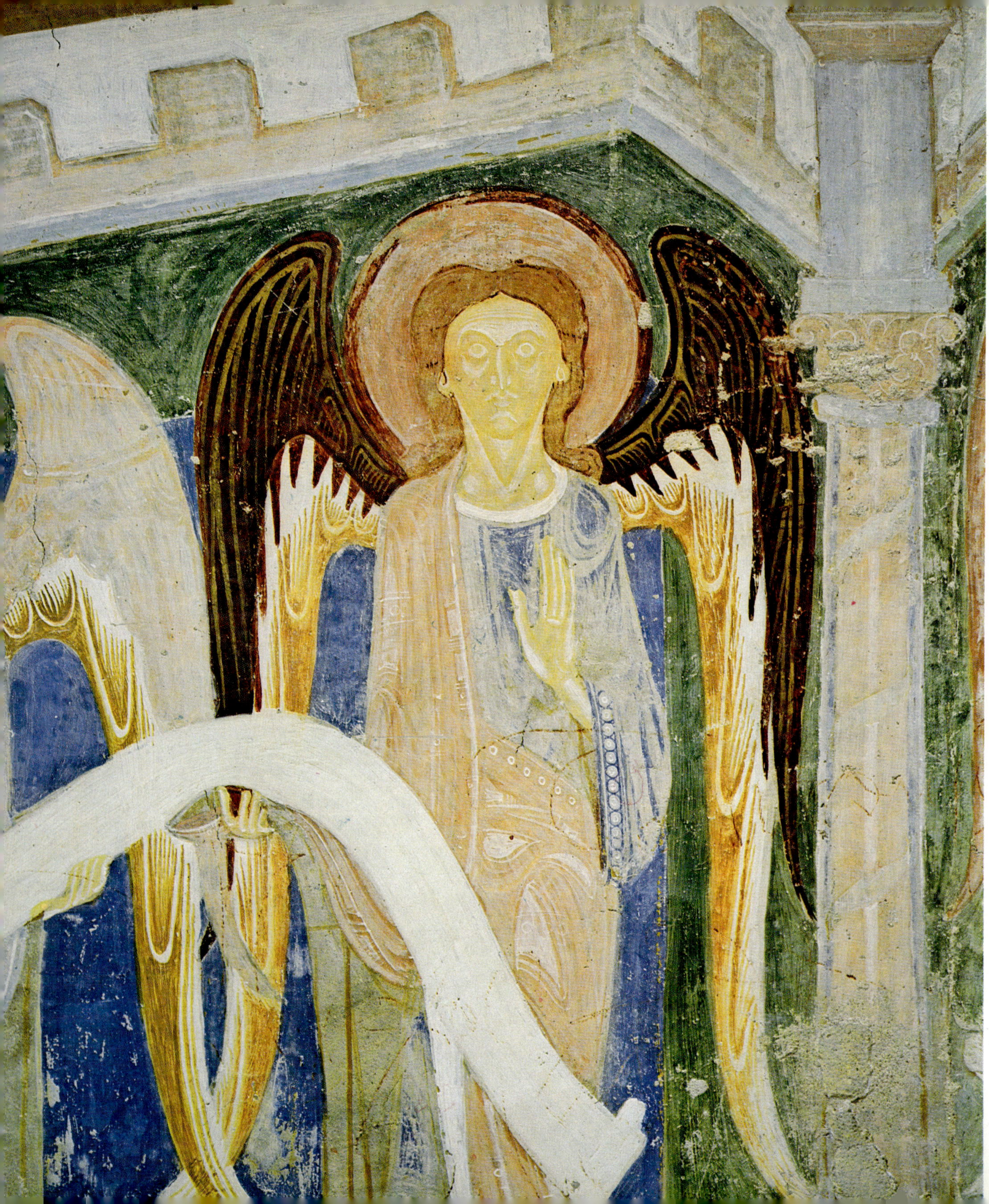

nch als „Pförtner“ im
hang, Ausschnitt. ▷

nördliche Bischof,
schnitt. ▷▷

zelfresko neben der
treppe. Die Bedeutung
Mannes unter der Rund-
enarkade ist ungeklärt.
Malschicht war bereits
der Entdeckung großteils
efallen. ▷▷▷

hl. Nikolaus und
drei Jungfrauen, zu Füßen
Heiligen rechts der
ende Stifter. Gotisches
sko in der Südapsis, um
0. ▷▷▷▷

sschnitte, Engel in der
lichen (l.) und nördlichen
Hälfte.

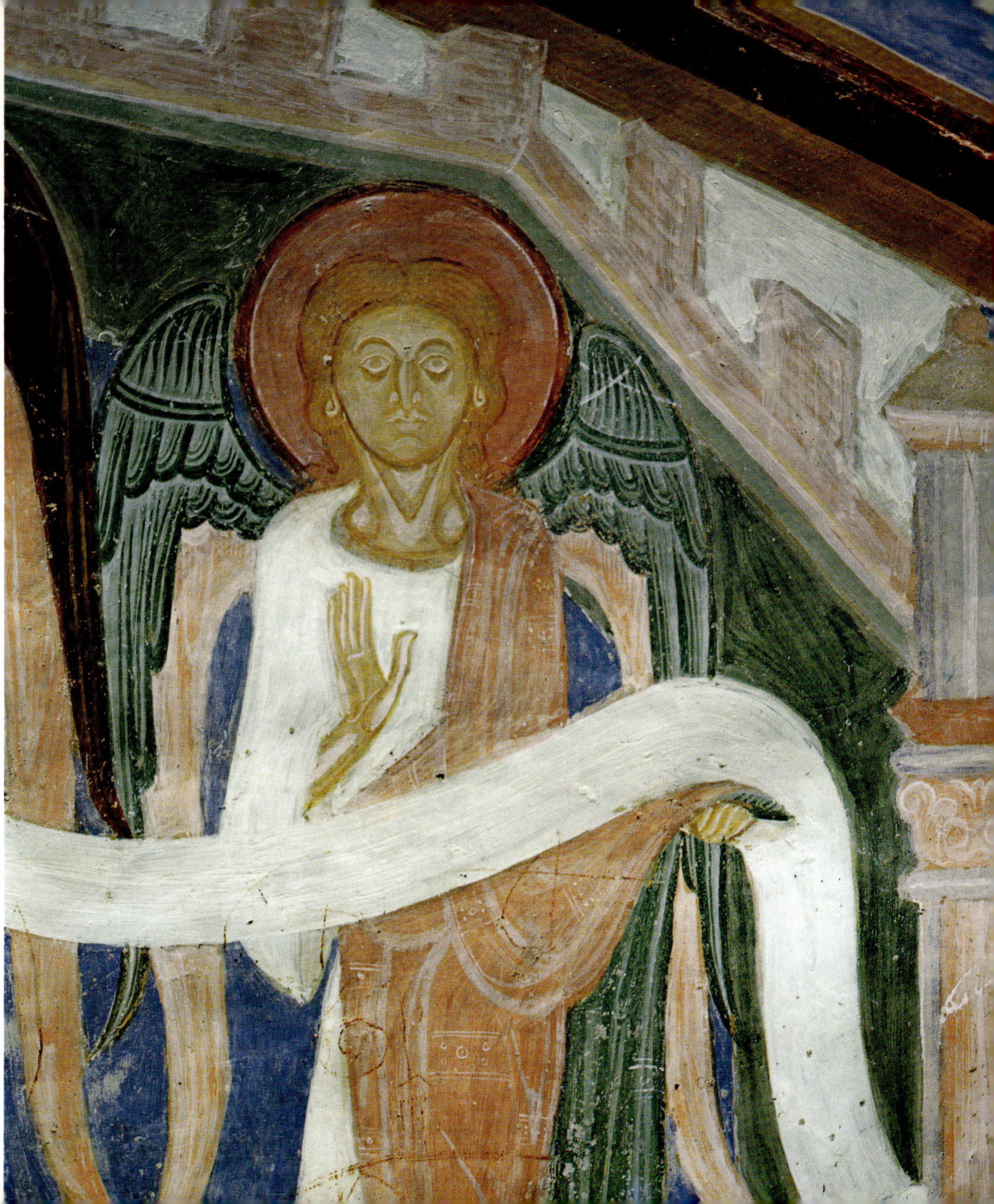

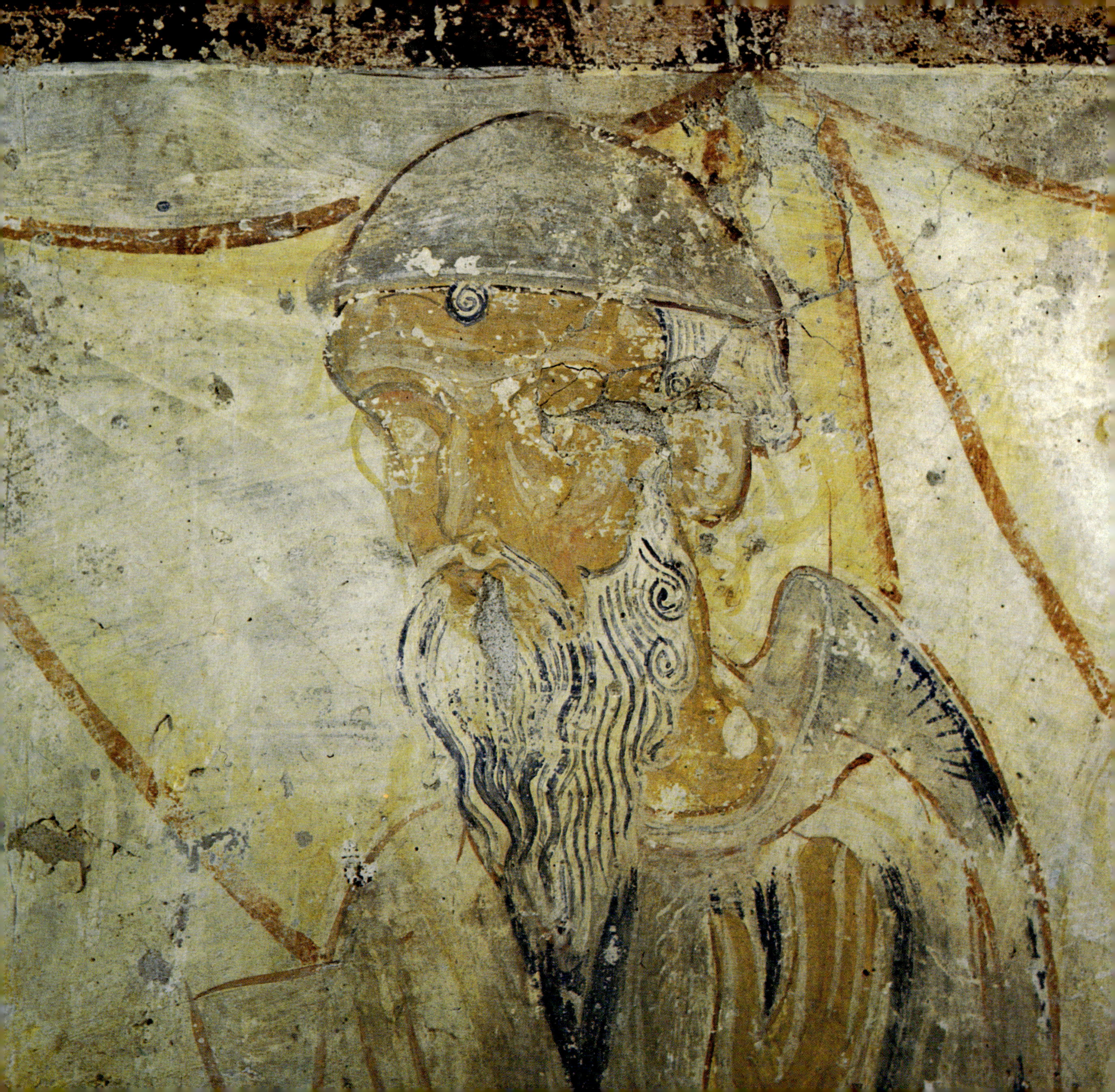

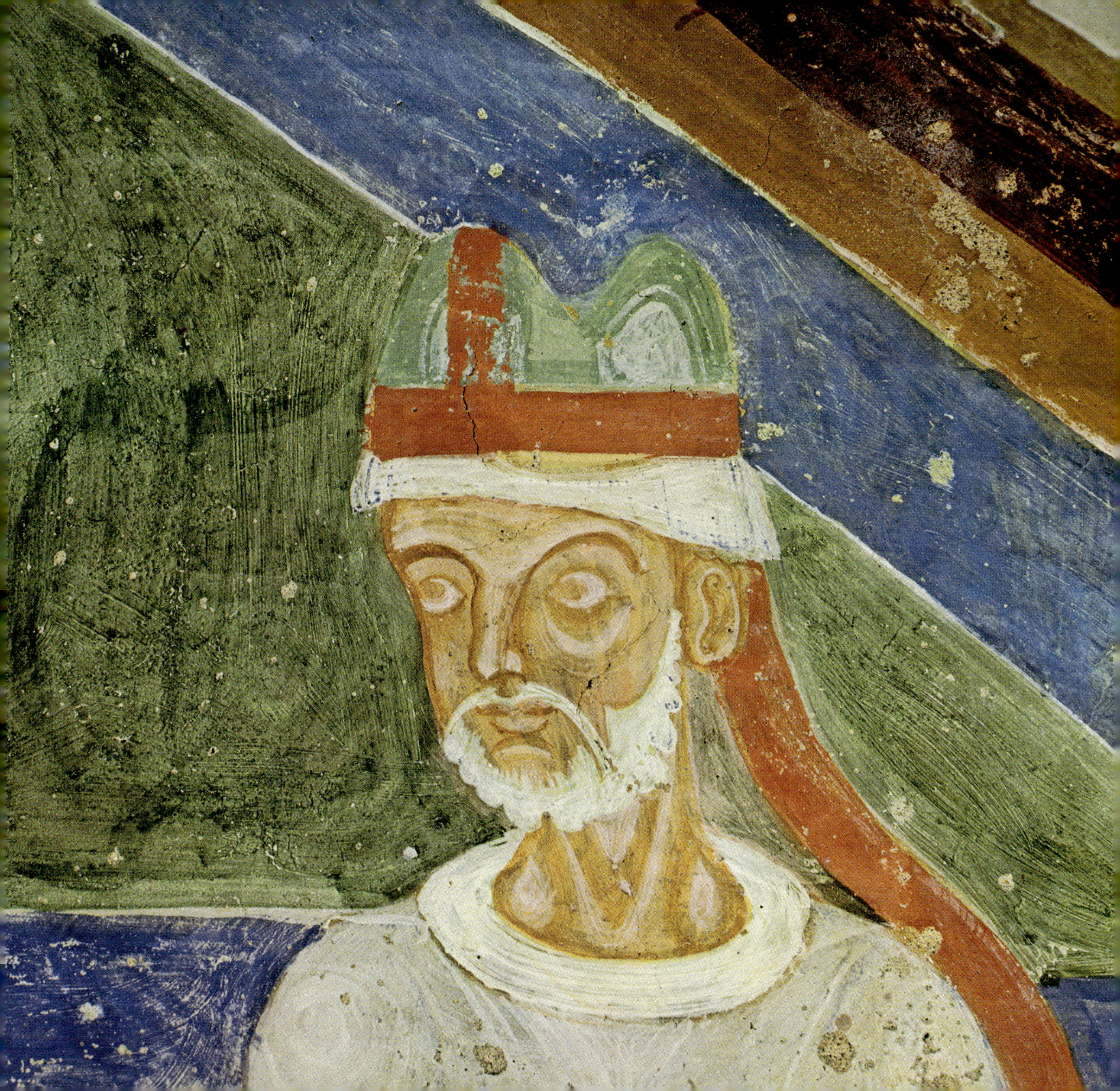

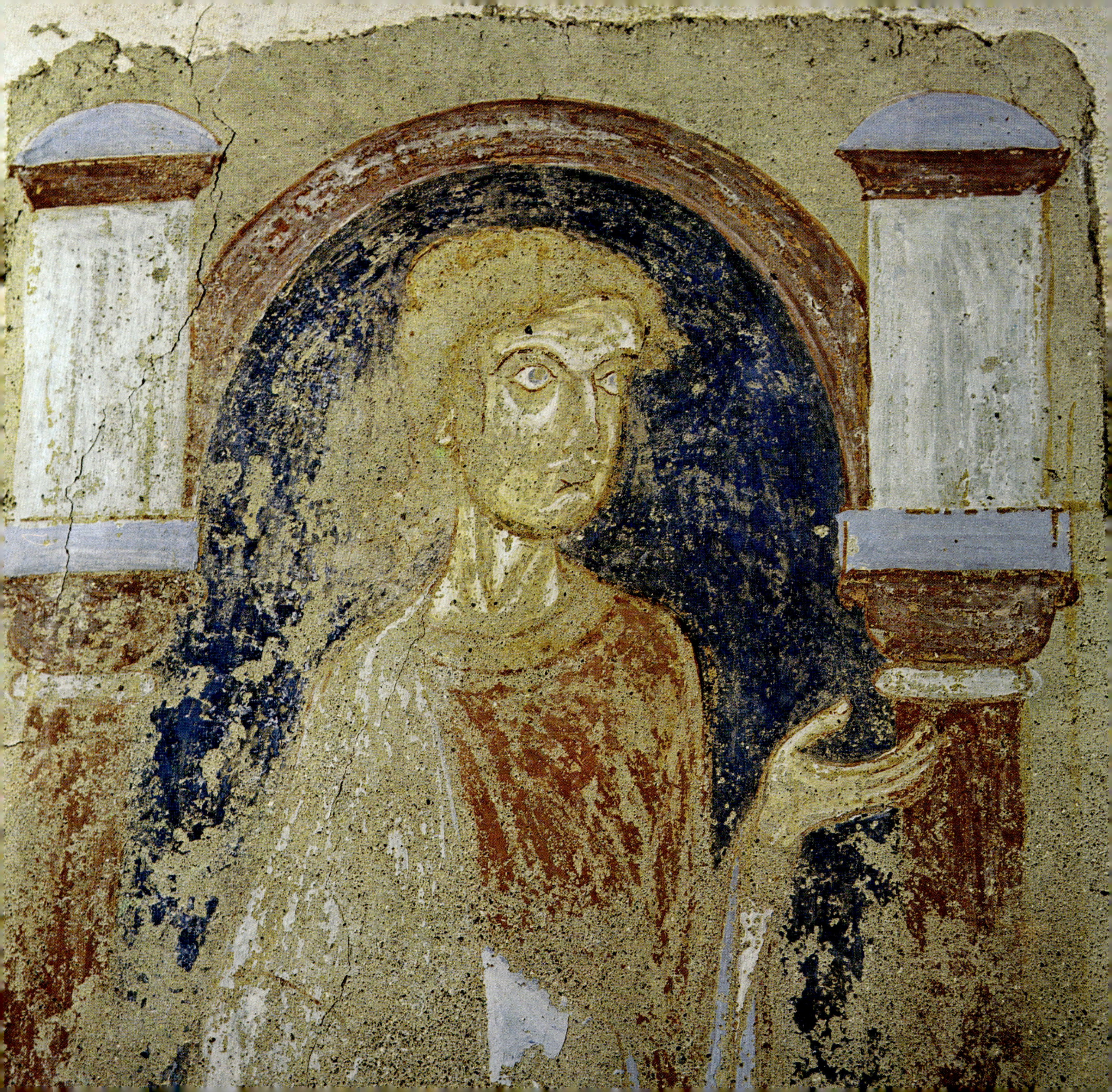

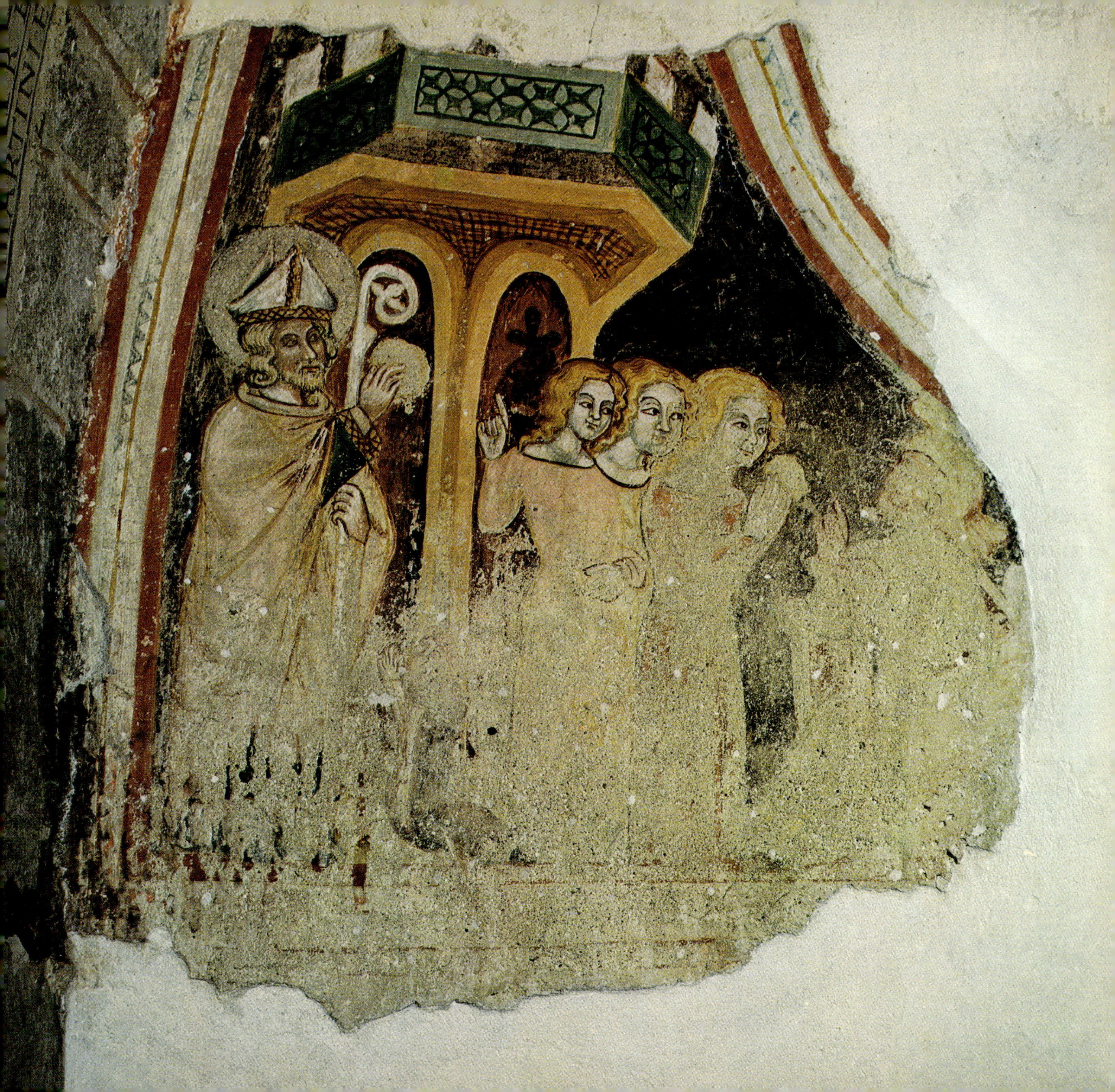

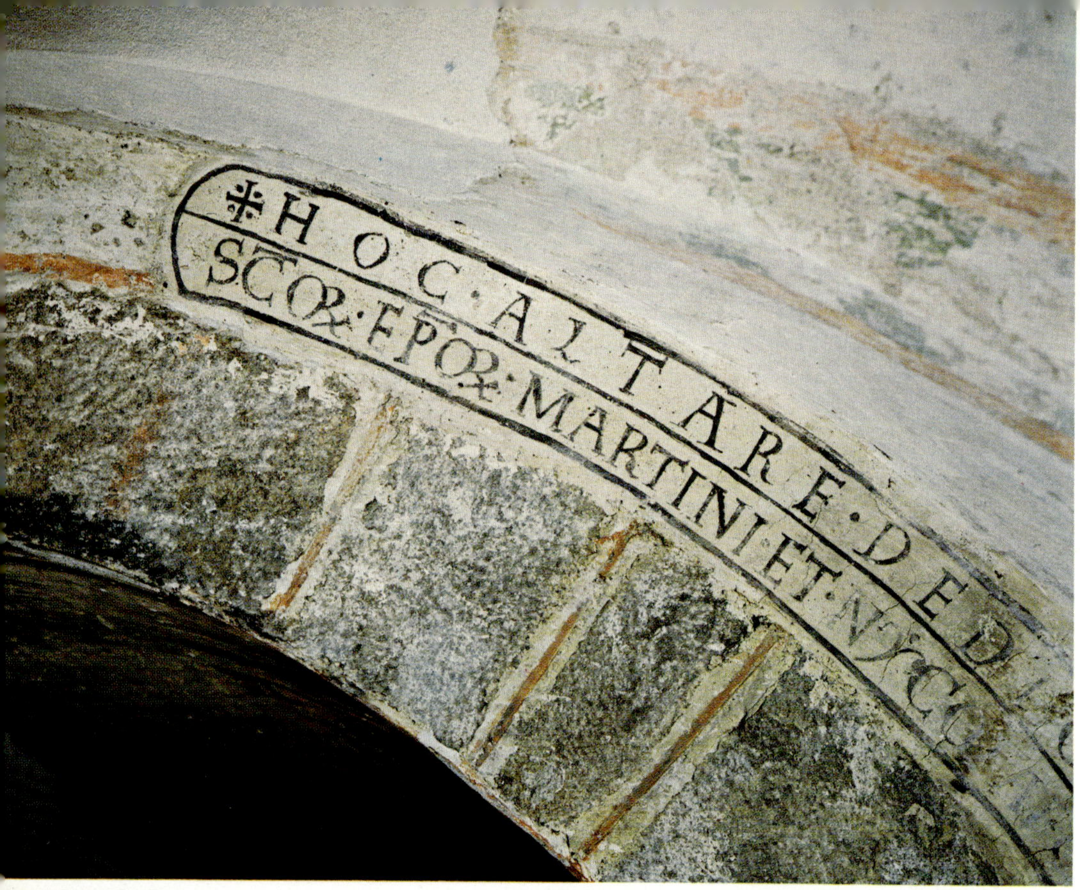

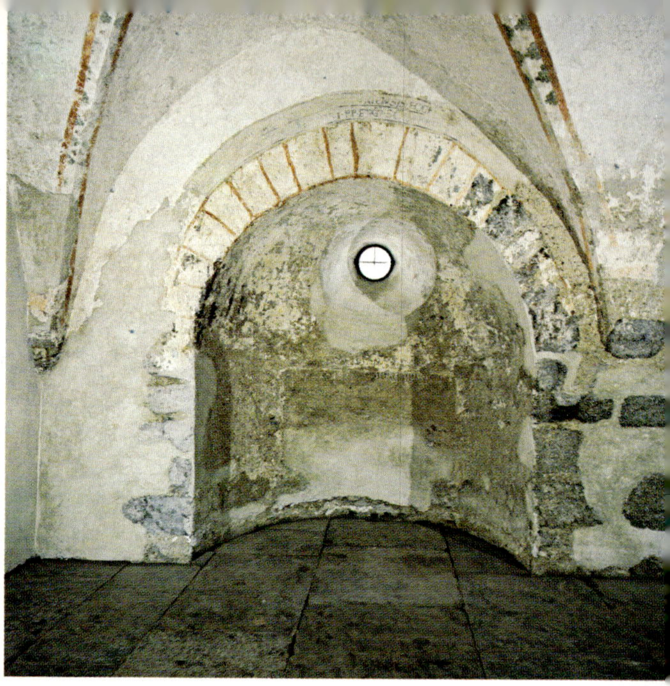

Rot nachgezogene Stoßfugen und teilweise abgefallene Kalktün che der Erstausstattung am Bogen der Südapsis, darüber jünger Freskenschicht mit Weiheinschrift.

Nordapsis, Fugenmalerei und Gratbänder der älteren Schich von 1160.

Gewölbescheitel mit gemaltem Schlußstein.

Stifterbildnis der Uta von Tarasp, auf der älteren Putzschich südlich neben der Hauptapsis aufgetragenes Fresko.

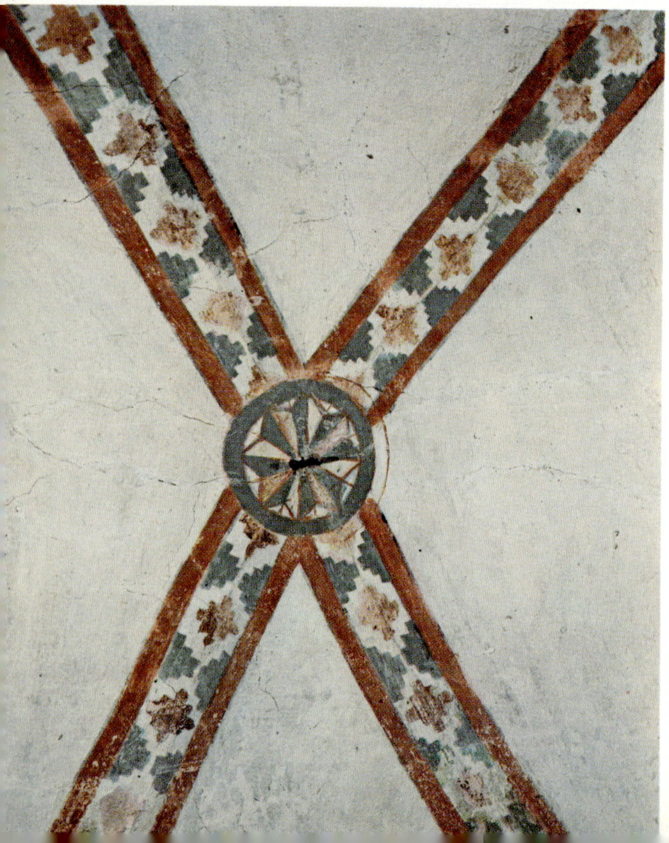

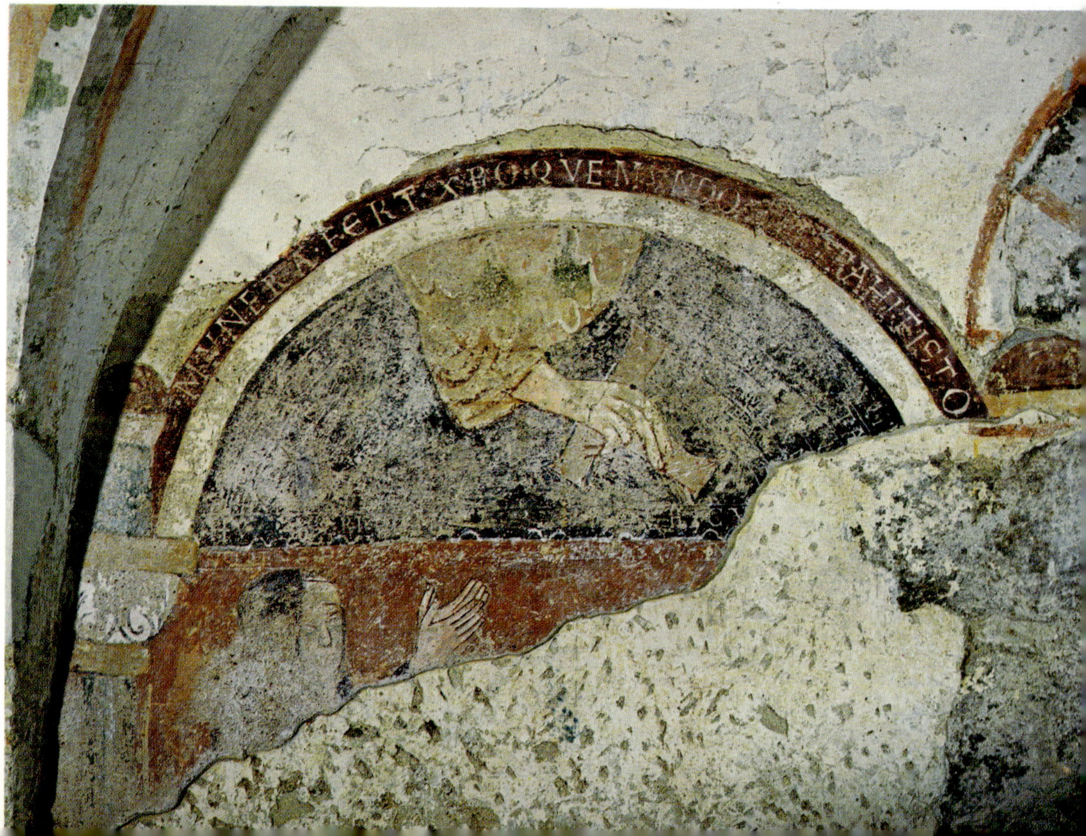

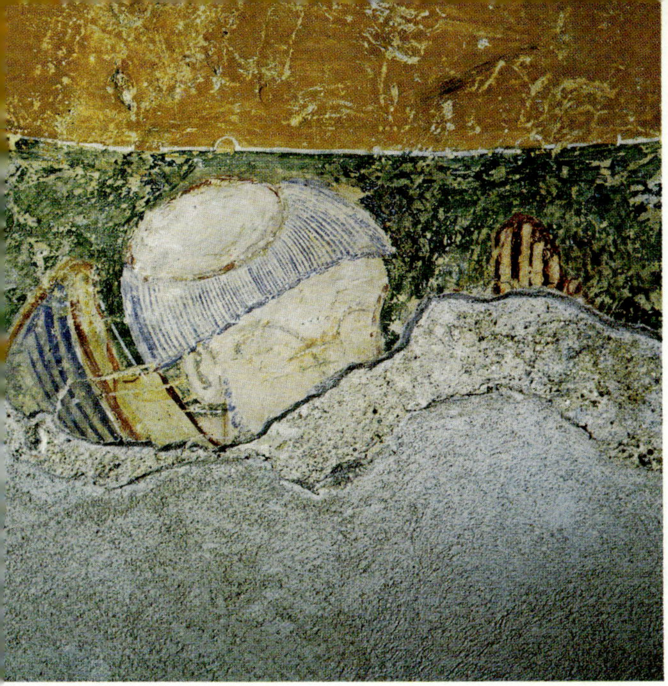

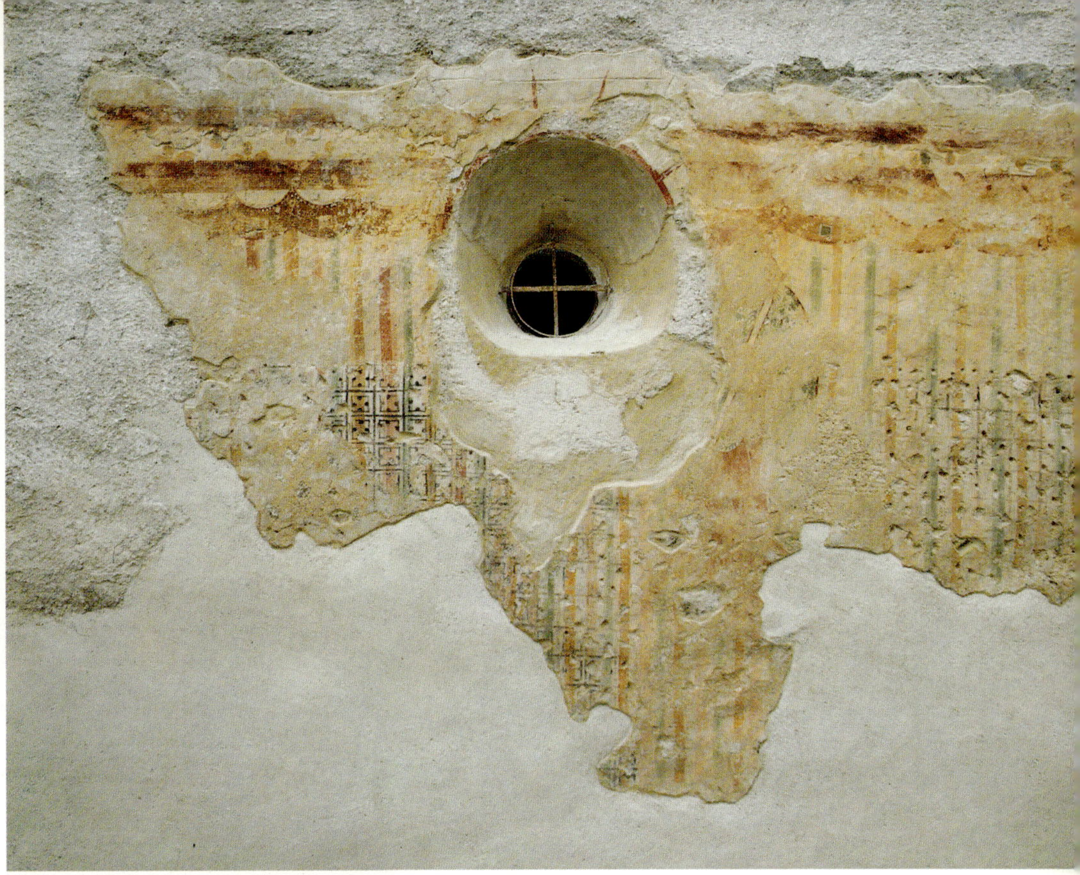

etender Mönch, wohl Abt des Klosters, in der Hauptapsis. Un-
r der Freskenschicht der Verputz der Erstausstattung, darunter
ne große Fehlstelle, die bei der Restaurierung 1981 mit Kalk-
örtel geschlossen wurde.

reskenreste an der Außenmauer der Krypta, 1971 freigelegt.
er Bildinhalt der beiden Fragmente ist nicht eindeutig geklärt.

inzelfresko neben der Südtreppe, Gesamtansicht.

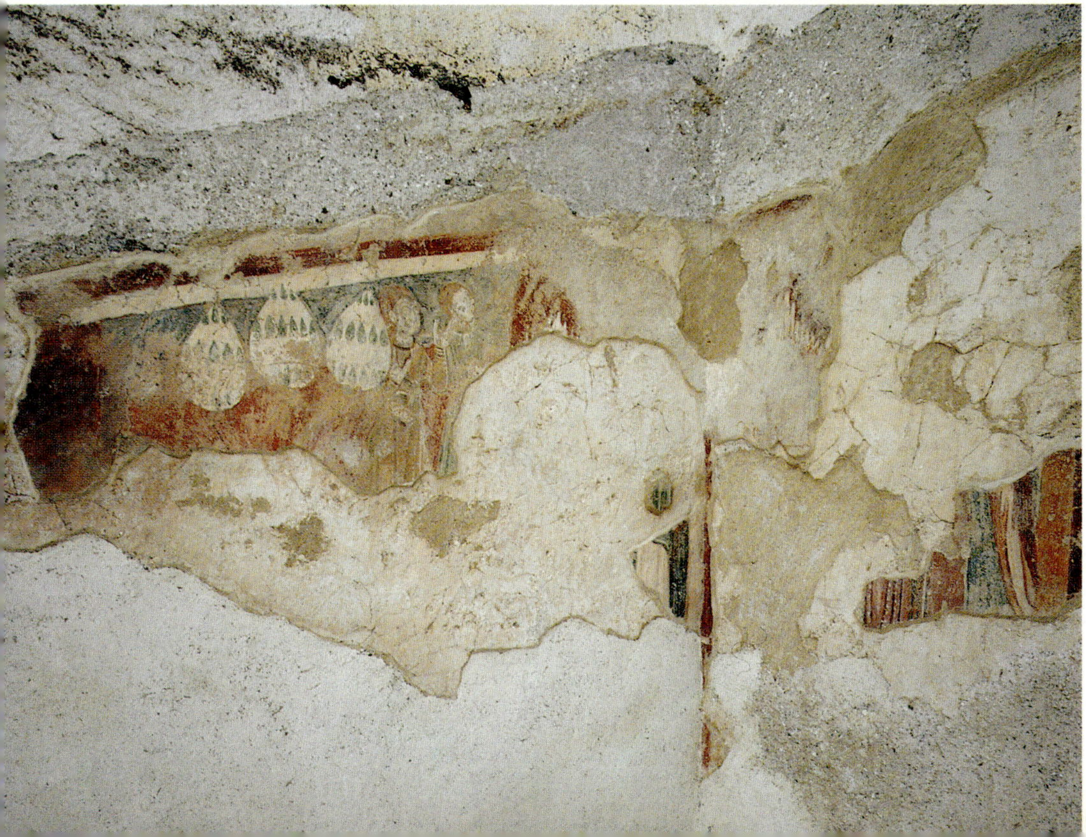

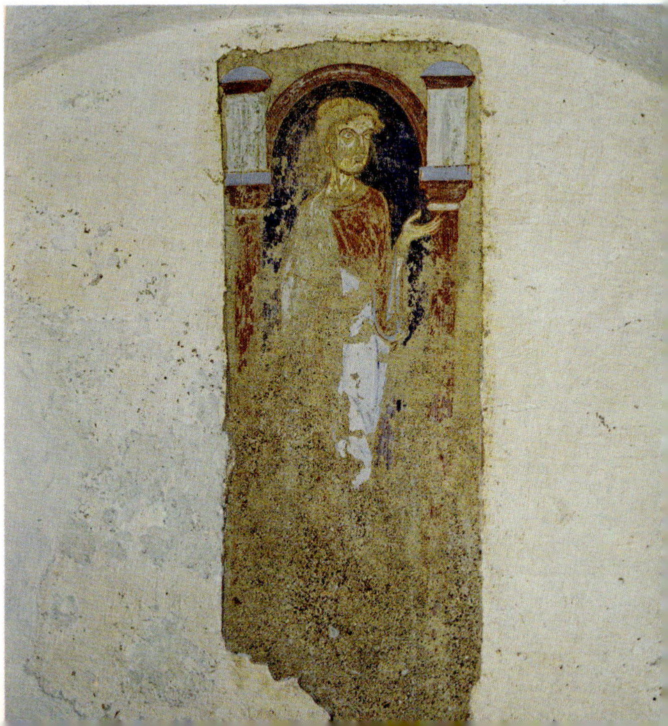

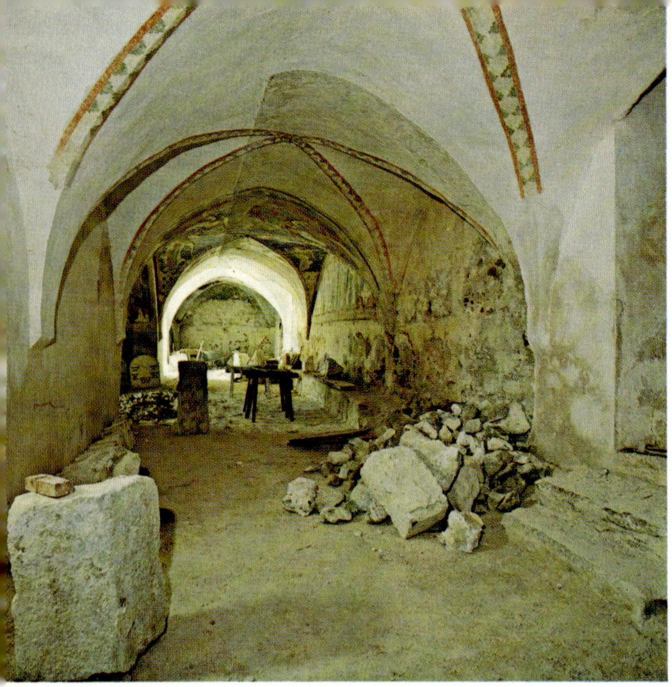

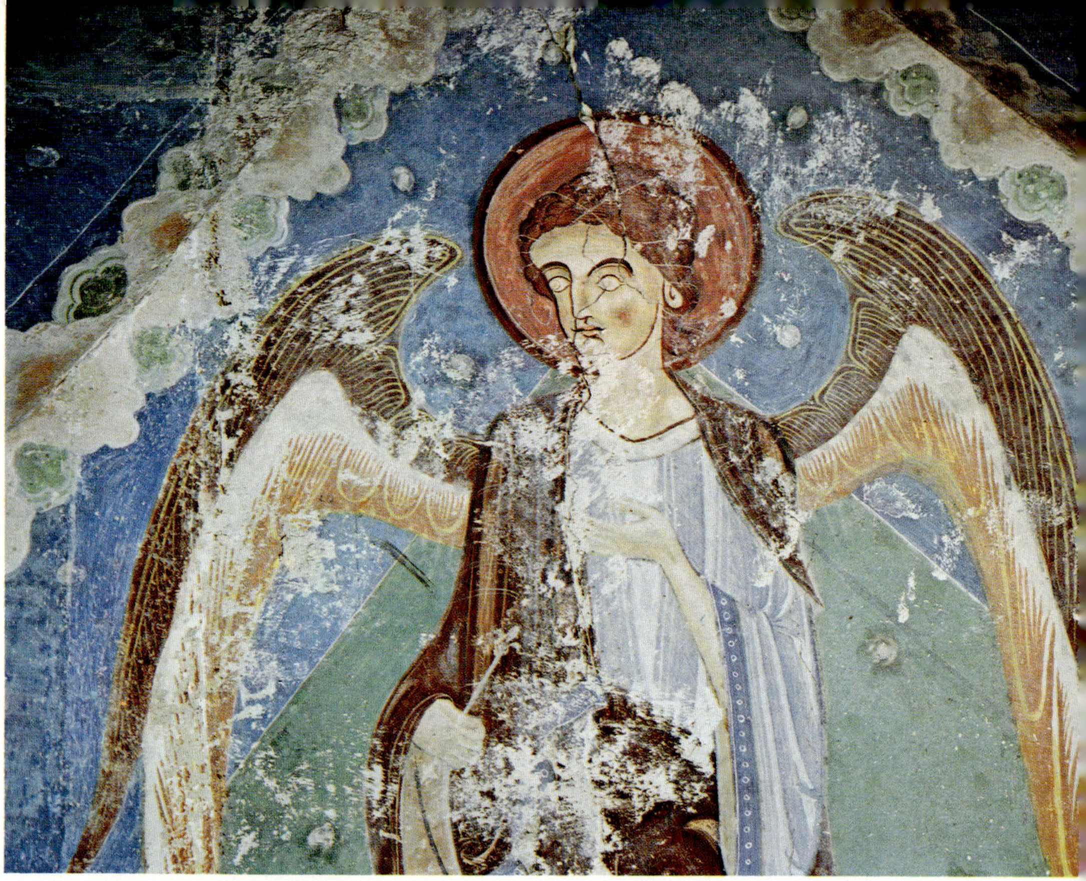

Die Krypta im April 1980, wenige Tage nach Entfernung der Grüfte. Der mittlere Einbau hebt sich von der grellweißen barocken Tünche scharf ab (oben links). Kalkspritzer am Mittelengel der südlichen Gewölbekappe (oben rechts). Starke Feuchtigkeitsschäden in der nördlichen Hälfte der Westwand (unten links). Nördlicher Bischof, durchfeuchtete und absandende Stellen im Feinputz des Freskos.

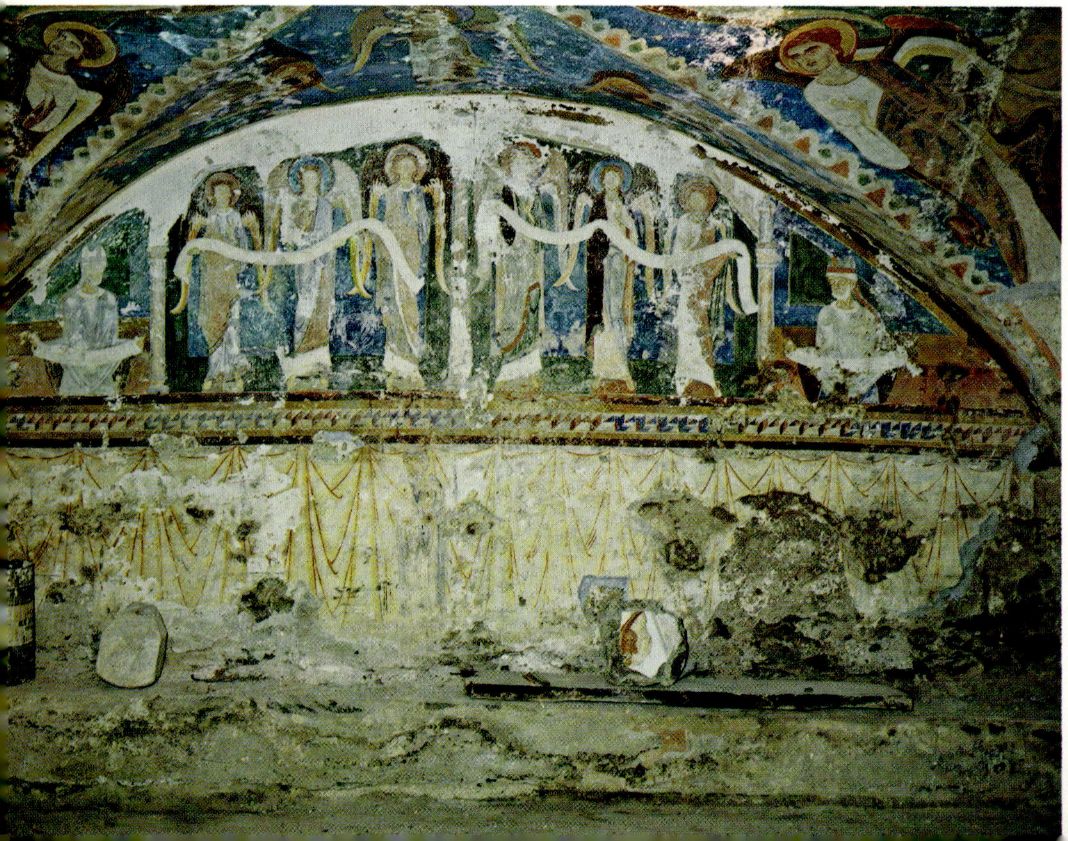

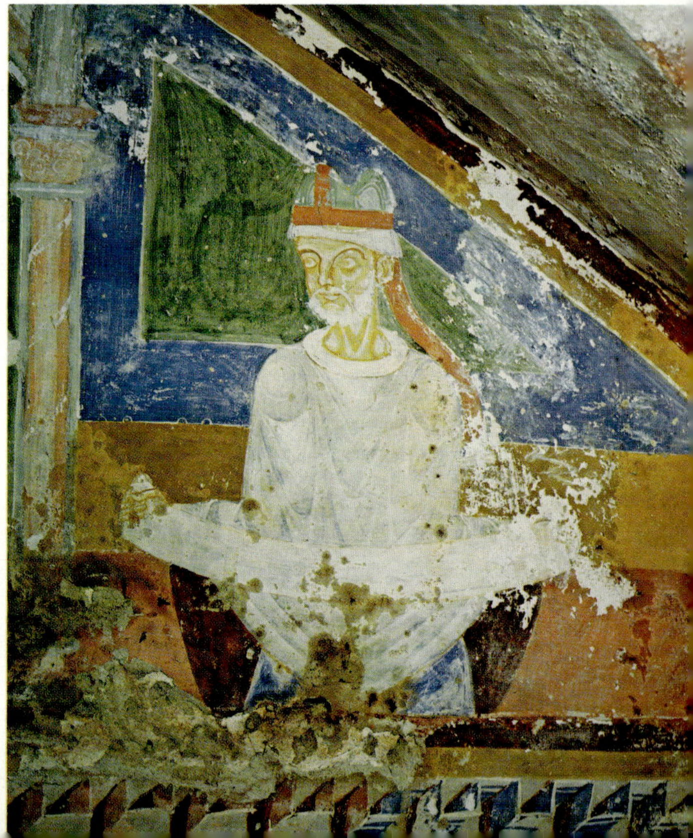